Haupt-Verein für christliche Erbauungsschriften

Die Liturgie im evangelischen Gottesdienste

Haupt-Verein für christliche Erbauungsschriften

Die Liturgie im evangelischen Gottesdienste

Unveränderter Nachdruck der Originalausgabe von 1871.

1. Auflage 2024 | ISBN: 978-3-38642-875-0

Antigonos Verlag ist ein Imprint der Outlook Verlagsgesellschaft mbH.

Verlag: Outlook Verlag GmbH, Zeilweg 44, 60439 Frankfurt, Deutschland info@outlook-verlag.de
Vertretungsberechtigt: E. Roepke, Zeilweg 44, 60439 Frankfurt, Deutschland
Druck: Libri Plureos GmbH, Friedensallee 273, 22763 Hamburg, Deutschland

Die Liturgie

im

evangelischen Gottesdienste.

Dienet einander.
1 Petri 4, 10.

Herausgegeben und verlegt

von dem

Haupt-Verein für christliche Erbauungsschriften.

Berlin, 1871.

Zu haben im Magazin des Haupt-Vereins,
Klosterstraße 67.

In den Familien giebt es alte Erbstücke, die in hohen
Ehren gehalten werden, weil die Geschichte des Hauses
an ihnen haftet, viele Erinnerungen, oft auch Gebete und
Thränen an ihnen kleben und sie Zeugen der Vergangen=
heit sind. Sie vererben sich von Geschlecht zu Geschlecht
und die Kinder lassen sich gern von ihnen erzählen.

Das Haus Gottes, die Kirche, hat auch solche Erb=
stücke, nur daß sie zumeist weniger geliebt und in ihrem
Werthe erkannt werden. Dazu möchten diese Zeilen
verhelfen. Sie haben es mit nichts Anderem zu thun,
als die einzelnen Theile des Gottesdienstes verständlich
zu machen für die Kinder Gottes, denen sie noch fremd
sind. Dazu sind die liturgischen Werke von Schöberlein,
Kliefoth und Alt, nebst anderen Schriften durchgängig, die
ersteren hie und da selbst wörtlich, benutzt worden.
Nicht, wie es war und sein könnte im Gottesdienst, son=
dern wie es ist und was er bedeutet, wollen diese Blätter
Denen sagen, welche sich gern im Hause Gottes Sonn=
tags zusammenfinden.

Der Herr unser Gott sei uns freundlich und fördere
das Werk unserer Hände. Psalm 90, 17.

———

Wie lieblich sind Deine Wohnungen Herr Zebaoth!
Meine Seele verlanget und sehnet sich nach den Vor=
höfen des Herrn! mein Leib und Seele freuen sich in
dem lebendigen Gott. Psalm 84, 1—2.

Eins bitte ich vom Herrn, das hätte ich gern, daß
ich im Hause des Herrn bleiben möge mein Leben lang,
zu schauen die schönen Gottesdienste des Herrn, und sei=
nen Tempel zu besuchen. Psalm 27, 4.

Um die herzliche Liebe und Freude des königlichen
Psalmisten an den „schönen Gottesdiensten“ zu theilen,
müssen wir sie in den einzelnen Theilen auch verstehen.
An dem Verständniß erwächst die Liebe und erstirbt die
Meinung, daß die Liturgie nur Nebensache, Vorbereitung
zur Predigt, todte Form und veralteter Brauch sei, gleich=
gültig zu behandeln, beliebig zu versäumen.

Wohin gehen wir, wenn uns die Glocken am Sonn=
tag zur Kirche rufen? In das Haus, vor das Angesicht
des lebendigen und heiligen Gottes. Gott, der die Welt
gemacht hat und Alles, was darinnen ist, sintemal er
ein Herr ist Himmels und der Erden, wohnet zwar nicht
in Tempeln mit Händen gemacht — räumlich eingeschlossen,
aber er hat verheißen: An welchem Orte ich meines
Namens Gedächtniß stiften werde, da will ich zu dir
kommen und dich segnen, da will ich mit dir reden,
will unter den Kindern Israels wohnen und will ihr
Gott sein. (2 Mose 20, 24. 29, 42. 45.) Zu dem

neuen Bundesvolke spricht sein Herr und König: Wo
zwei oder drei versammelt sind in meinem Namen, da
bin ich mitten unter ihnen. Zu dem wahrhaftigen Worte
Gottes kommt für den Kirchgänger die Erfahrung, daß
Gott der heilige Geist in Kirche und Gottesdienst gegen=
wärtig ist, wenn er sein Straf=, Zucht= und Trost=Amt
an der Seele übt.

Wo aber der dreieinige Gott gegenwärtig ist in sei=
nem Hause, zu uns redet in seinem Worte, sich offen=
baret mit seinem Geiste, sich mittheilet in den Sakramen=
ten, da kann nichts Todtes, Ueberflüssiges und Falsches
im Gottesdienste sein, so lange es sich gründet auf Gottes
Wort und Gebot. Da kommt vielmehr Gott der Vater,
seine Kinder auf Erden mit Heilsgaben zu beschenken; Gott der
Sohn, sich mit der Gemeinde und einzelnen Seele immer
aufs neue, immer fester und inniger zu verbinden; und
Gott der heilige Geist, uns die dargebotenen Heilsgüter
anzueignen und zuzusprechen.

Gott wohnet im Heiligthum. Er ist in seinem hei=
ligen Tempel. Es sei stille vor ihm alle Welt. (Haba=
kuk 3, 20.) Das Bewußtsein von der Gegenwart des
heiligen Gottes soll uns mit Ehrfurcht erfüllen beim Ein=
gang in das Gotteshaus, soll uns äußerlich die geziemende
Haltung und innerlich die rechte Verfassung geben, daß
die Gedanken in Zucht und das Herz in der Stille ge=
halten werde. Da müßte alles Zuspätkommen und das
Fortgehen vor dem Segen aufhören, das störende Oeffnen
und Schließen der Plätze während der Schriftlesung, der
unziemliche Anzug, die Gedanken= und Theilnahmlosig=
keit bei der Liturgie.

Liturgie heißt Dienst. Zum Dienen gehören Zweie;
Einer, der da dienet, und der Andere, welchem gedient

wird. Aller Gottesdienst ist nicht sowohl ein Dienen des Menschen, als ein Dienen Gottes, nach dem Wort des Herrn: Des Menschen Sohn ist nicht gekommen, daß er sich dienen lasse, sondern daß er diene. Von Gott geht immer das Erste, die Hauptsache aus; der Mensch thut erst das Zweite. Gott hat die Kirche gestiftet, den Gottes=dienst verordnet, Er ruft uns: wir kommen; Er redet: wir hören und antworten; Er theilt Güter aus: wir nehmen sie; Er offenbaret sich: wir glauben und bekennen, und auch das nicht aus eigener Kraft, sondern durch Hülfe des heiligen Geistes. Der Glaube ist nur die von Gott geschaffene Hand, welche sich bittend ausstreckt, daß Gott seine Gnadengaben hinein lege. „Nicht daß der Glaube von ihm selber versöhnet, sondern er ergreifet und erlanget die Versöhnung, welche Christus für uns gethan hat." (Luther.) Diese von Gott dem Vater be=schlossene, von Gott dem Sohne vollbrachte, von Gott dem heiligen Geiste versiegelte Versöhnung und Er=lösung durch Christi Blut: das ist die Predigt, welche jeder Gottesdienst hält, und zwar nicht nur in der Auslegung des göttlichen Wortes, sondern in allen seinen Theilen, auch in der gesammten Liturgie. Darum bei allem Reichthum, solche Einheit; bei allem Wechsel in den Einzelnheiten, diese Stetigkeit im Ganzen. Die Vereini=gung der Gemeinde und der Seele des Einzelnen mit ihrem Herrn und Haupte durch Wort und Sakrament, ist das Ziel des Gottesdienstes, welchem jedes einzelne Stück an seinem Orte dienen muß. Gott hat mit allen seinen Menschenkindern nur Eine Liebesabsicht: sie selig zu machen. Darum hat auch aller Gottesdienst nur die Eine Aufgabe und prediget: Gott will, daß allen Menschen geholfen werde und zur Erkenntniß der Wahrheit kommen.

Wo in der deutsch=evangelischen Kirche eine ausgebil=
detere Liturgie besteht, da ist neben mancher Verschieden=
heit im Einzelnen, der Gottesdienst im Großen und Gan=
zen doch ein übereinstimmender und zerfällt in drei Theile.

I. Theil: Der vorbereitende Eingang.

1) Ein Psalmenvers, Bibelwort oder Eingangslied
verkündiget der Gemeinde die geistliche Bedeutung des
Tages.   (Introitus: Eingang.)

2) Der Geistliche spricht den Eingangsgruß: Im
Namen des Vaters, des Sohnes und des heiligen
Geistes;

und darnach das Bekenntniß, auf welchem der ganze
Gottesdienst beruht:

Unsere Hülfe sei im Namen des Herrn, der Himmel
und Erde gemacht hat.

Dem allmächtigen, heiligen Gott gegenüber, wird sich die
Gemeinde ihrer Sünde bewußt.   Darum folgt

3) das Sündenbekenntniß mit dem Kyrie eleison
(Herr! erbarme Dich!).

4) Der barmherzige Gott läßt sie Gnade finden, und
sichert ihr Trost und Vergebung zu in einem Gnaden=
spruch, was zum freudigen Lobpreis

5) im Gloria (Ehre sei Gott in der Höhe u. s. w.)
auffordert. *)

Entsündiget und bereitet, das Wort Gottes zu em=
pfangen, nimmt die Gemeinde dasselbe entgegen im

---

*) Anmerk. Bei reicher ausgebildeter Liturgie wird wohl
auch, außer dem Eingangsliede, ein Psalmen oder Bibelwort
als Eingang des II. Theils, nach dem Gnadenspruch gesungen,
und das Kyrie eleison ist die Bitte um Hülfe aus aller Noth
des Herzens und Lebens.

II. Theil,

welcher eingeleitet wird

1) durch den wechselseitigen Gruß zwischen dem Geistlichen und der Gemeinde. (Salutatio.)

Prediger: Der Herr sei mit euch.

Gemeinde: Und mit Deinem Geiste.

Gottes Wort kann nur mit Hülfe des heiligen Geistes verstanden werden. Deshalb geht der Schriftlesung vorauf

2) ein kurzes Gebet (Kollekte). Ihm folgt

3) die Epistel mit einem dankenden Spruch und dem Hallelujah.

4) Daran schließt sich das Evangelium. Der Herr redet mit seinem eigenen Worte zur Gemeinde, dafür dankt sie ihm: Ehre sei Dir, Herr! oder Lob sei Dir, o Christe.

5) Im Glaubensbekenntniß spricht die Gemeinde den Grund ihres Glaubens, Liebens und Hoffens aus.

6) Im Predigtliede bereitet sie sich auf die heilsame Anwendung des sonntäglichen Schriftabschnittes,

7) welcher ihr in der Predigt weiter aus- und an's Herz gelegt wird.

8) Kirchliche Verkündigungen und

9) ein Schlußvers beenden den II. Theil des Gottesdienstes, welcher der Verkündigung des göttlichen Wortes gilt.

Die empfangenen Gaben fordern die Gemeinde zum Danken und zur Anbetung Gottes auf. Das geschieht im

III. Theil.

1) In der Danksagung (Präfation) mit dem Heilig (Sanctus) und Hosiannah (Herr, hilf!) vereint

sich die Gemeinde, eben wie im Glaubensbekenntniß, mit der ganzen streitenden und triumphirenden Kirche, lobend und dankend vor ihrem Herrn und Haupte.

2) In dem allgemeinen Kirchengebete legt sie ihrem himmlischen Vater, in Bitte und Fürbitte die einzelnen Glieder der Kirche und Gemeinde an's Herz.

3) Im Vater Unser sichert sie sich von neuem ihrer Kindesrechte,

4) welche ihr den Segen des dreieinigen Gottes geben.

Der Blick auf den gottesdienstlichen Gang und Zusammenhang, zeigt das wechselnde Handeln und Thun Gottes und der Gemeinde, das Nahen von und zu Gott, die Gnadenspendende (sacramentale) und Dankopferbringende (sacrificielle) Seite. Gottes Gabe, Thun und Segnen ist immer die Anrede, das Zuvorkommende und Grundlegende; das Handeln der Gemeinde allzeit die Antwort, das Nehmen und daraus Erwachsende. Luther sagt: „Wenn der Mensch soll mit Gott zu Werke kommen, und von ihm etwas empfahen, so muß es also zugehen, daß nicht der Mensch anhebe und den ersten Stein lege, sondern Gott allein, ohn' alles Ersuchen und Begehren des Menschen muß zuvorkommen und ihm eine Zusage thun. Dasselbe Wort Gottes ist das Erste, der Grund, der Fels, darauf sich hernach alle Werke, Gedanken und Worte des Menschen bauen."

Ist Gottes Thun an uns, und sein uns Dienen, unzweifelhaft das Erste, Größte und die Hauptsache, so darf aber um so weniger das Zweite, das Handeln der Gemeinde, und in ihr jedes Einzelnen fehlen. Ein Sohn soll seinen Vater ehren und ein Knecht seinen Herrn. Bin ich nun Vater, wo ist meine Ehre? Bin ich Herr, wo fürchtet man mich? spricht der Herr Zebaoth zu euch

Priestern, die meinen Namen verachten. (Maleachi 1, 6.)
St. Petrus erklärt, wer die Priester des Neuen Bundes
sind. Priester heißt ein Gott Nahender. Ihr aber seid
das auserwählte Geschlecht, das königliche Priesterthum,
das heilige Volk — ihr alle, die ihr getauft seid auf den
Namen des dreieinigen Gottes, und durch den Glauben
an den ewigen Hohenpriester und König Jesum Christum,
gesalbet seid durch den heiligen Geist zu Priestern Gottes.
Ohne Gebet und Opfer kein Priesterthum. Das Brand=
opfer eines Gott geweiheten und von der Liebe Gottes
ergriffenen Herzens, das Speisopfer christlicher Barm=
herzigkeit, das Rauchopfer gläubigen Gebets und das Lob=
opfer für alle empfangenen Heilsgüter: das sind die
geistlichen Opfer, die Gott angenehm sind durch Jesum
Christum, welche er Sonntags im Heiligthum, und an
den Wochentagen im Hause und Kämmerlein, im Leben
und Wandel, bei der priesterlichen Gemeinde des Neuen
Bundes sucht und finden will. Opfre Gott Dank und
bezahle dem Höchsten deine Gelübde. Wer Dank opfert,
der preiset mich, und das ist der Weg, daß ich ihm zeige das
Heil Gottes. (Psalm 50, 14. 23.)

I. Der vorbereitende Theil.

Der Eingang. (Introitus.)

Unter den Klängen der rufenden Glocken sammelt sich
die Gemeinde äußerlich, unter dem Vorspiel der Orgel
und im stillen Gebet innerlich, zum Beginn des Gottes=
dienstes. Die Beugung des Herzens vor dem gegenwärtigen,
heiligen Gott, findet ihren Ausdruck in der Beugung des
Hauptes beim Gebet. Die gefalteten Hände zeugen von

Demuth, Hingabe und Ueberwundensein durch Gott. Die Männer halten den Hut vor das Angesicht, die Frauen neigen das Haupt, sich von allem störenden Aeußerlichen zurückzuziehen. Beides erinnert an das Wort des Herrn: schließ die Thür zu und bete zu deinem Vater im Verborgenen; und an das Verhüllen des Angesichtes von Moses und Elias, als ihnen die Herrlichkeit Gottes erschien.

> Gott ist gegenwärtig!
> Lasset uns anbeten,
> Und in Ehrfurcht vor ihn treten.
> Gott ist in der Mitten!
> Alles in uns schweige,
> Und sich innigst vor ihm beuge.
> Wer ihn kennt,
> Wer ihn nennt,
> Schlag' die Augen nieder.
> Kommt, ergebt euch wieder.

Nachdem sich die einzelne Seele von der zerstreuenden Unruhe des Herzens und Lebens, der Woche und Arbeit, feiernd und ruhend, in Gott gesammelt hat, wird die Gemeinde im Ganzen auf die Feier des Tages bereitet, die göttlichen Segnungen würdig zu empfangen.

Der eröffnende Gesang will die Gemeinde in die rechte Stimmung versetzen, wie sie zu der Zeit des Kirchenjahres paßt und ihr verkündigen, welche Heilsthat ihr der Sonn- und Feiertag predigt.

Dieser einleitende Chor- oder Gemeindegesang ist hervorgegangen aus dem Psalmengesang, mit welchem der Gottesdienst in der alten Kirche eröffnet wurde. Wie schon bei den Juden, so war auch bei den ersten Christen der Gesang ein wesentlicher Bestandtheil des Gottesdienstes. St. Paulus ermahnet die Gemeinden zu Ephesus und Colossä: Singet und spielet dem Herrn in eurem Herzen. Lehret und ermahnet euch selbst mit Psalmen und Lobgesängen und geistlichen lieblichen Liedern.

Aus dem Tempel in Jerusalem und den jüdischen Schulen, kam das älteste Gesangbuch der Welt, der Psalter mit seinen 150 Liedern, in die christlichen Gotteshäuser und verbreitete sich mit dem Evangelio über die ganze Erde. Aber das Glaubensleben der Christen sprach sich auch bald in neuen Liedern aus. Wie der Lobgesang der Jungfrau Maria, des Zacharias und des greisen Simeon ihren Platz im Neuen Testamente gefunden haben, so glaubt man auch an anderen Stellen der heiligen Schrift, Hymnen der ersten apostolischen Gemeinde zu erkennen.

So 1 Timotheus 13, 16:

Gott ist geoffenbaret im Fleisch,

Gerechtfertiget im Geist,

Erschienen den Engeln,

Gepredigt den Heiden,

Geglaubet von der Welt,

Aufgenommen in die Herrlichkeit.

Ebenso Offenbarung 15, 3—4:

Groß und wundersam sind Deine Werke,

Herr! allmächtiger Gott.

Gerecht und wahrhaftig sind Deine Wege,

Du König der Heiligen!

Wer soll Dich nicht fürchten, Herr!

Und Deinen Namen preisen?

Denn Du allein bist heilig.

Denn alle Heiden werden kommen,

Und anbeten vor Dir!

Denn Deine Urtheile sind offenbar geworden.

Schon in den ersten Jahrhunderten sang die Kirche ihrem Herrn und König Lob- und Danklieder, bald gemeinsam, bald in Wechselgesang und verschiedenen Chören. „Wenn Einer angefangen hatte, einen Psalmen wohlklingend und feierlich zu singen, so hörten die Uebrigen still schweigend zu, und sangen nachher in einem Chor den letzten Theil des Verses," schreibt Eusebius † 340. Tertullian † 330 erzählt: „Es ertönen zwischen Zweien Psalmen und Hymnen, und wechselseitig regen sie einander zum Wetteifer an."

Als das Christenthum den Sieg über die gebildeten Völker gewonnen hatte, eignete es sich nach der apostolischen Regel: „alles ist euer," auch die kunstvolleren Weisen in Lied und Musik von Griechen und Römern an, was mit der Zeit dahin führte, daß ein geschulter Singechor die schwierigen Gesänge übernahm, und die Gemeinde mehr und mehr vom Kirchengesang zurückgedrängt wurde. Luther gab dem Volke sein Recht wieder. Er war ein sonderlicher Freund der Musik, und schrieb einst: „Die Musik ist eine schöne, liebliche Gabe Gottes, sie hat mich oft also erwecket und beweget, daß ich Lust zu predigen gewonnen habe." Durch Uebersetzung von lateinischen Liedern, Umarbeitung alter Volkslieder, und neue Dichtungen, sorgte Dr. Luther mit seinen reformatorischen Zeitgenossen für die Begründung des evangelischen Kirchengesanges, der zu einer Macht und Stütze der gereinigten Lehre wurde. Das eine Lied von Luther: „Nun freuet euch, liebe Christen gemein," soll viele Hunderte der evangelischen Kirche zugeführt haben. Durch die Lieder wurde der evangelische Glaube in die Kirchen und Häuser, in die Schulen, Familien und Herzen hineingesungen. Als im Jahre 1529 ein katholischer Geistlicher in Lübeck gepredigt hatte und eben das Schlußgebet sprechen wollte, fingen zwei kleine Knaben an, Luther's Lied zu singen: „Ach Gott, vom Himmel sieh' darein!" Die ganze Gemeinde fiel einstimmig ein und sang es fortan, so oft ein Prediger wider die Lehre der evangelischen Kirche sprach, so daß der Magistrat durch dieses Singen bestimmt wurde, die vertriebenen evangelischen Geistlichen wieder einzusetzen. Ebenso ward in Heidelberg die Reformation durch den Gesang eingeführt. Aus Furcht vor dem Papste, konnte sich der Kurfürst nicht entschließen, die Messe abzustellen. So stand noch im Jahre 1546 ein katholischer Priester am Altar der Kirche zum heiligen Geist, die Messe zu lesen. Da hob eine Stimme das Lied von Paulus Speratus an: „Es ist das Heil uns kommen her" — die Gemeinde stimmte ein, und der Kurfürst gab der allgemeinen Stimmung der Bürger nach und gestattete die Abendmahlsfeier unter beiderlei Gestalt.

So eifrig Luther mit seinen Freunden aber auch dafür sorgte, daß das deutsche Volk wieder mitsingen konnte beim Gottesdienst, so wenig war es doch seine Absicht, die lateinische Sprache und den geübten Singechor ganz aus der Kirche zu verbannen. In beidem sah er vielmehr ein besonders gutes Erziehungsmittel für die Schüler, wie er denn den ganzen Gottesdienst als Volkserziehung betrachtete. Ueberdies lag es ihm fern, mit allem zu brechen, was er in Kirche und Gottesdienst vorfand, nur weil es katholisch war, wie es die Reformirten thaten; sondern mit Pietät pflegte und erhielt er alles, was nicht wider die Lehre heiliger Schrift und todte Form war. Darum ließ Luther den Altargesang des Geistlichen und den Singechor bestehen, welcher erst mit dem Verfall des kirchlichen Lebens aus den lutherischen Kirchen schwand.

Mit dem wieder erwachten Glaubensleben hat er hier und da seine alte Stelle wieder eingenommen. Theils eröffnet er den Gottesdienst, oder erwiedert die Handlung des Geistlichen, theils vermittelt er die der Gemeinde oder schließt sie ab. *)

Ueber die Bedeutung des Chors herrschen verschiedenartige Auffassungen. Er wird als Vertreter der versammelten Gemeinde angesehen, aber auch als Vertreter der allgemeinen christlichen Kirche, von welcher die einzelne Gemeinde nur Ein Glied ist. Im Glaubensbekenntniß, Kirchengebet, Sanctus und Vater-Unser schließt sich die einzelne Gemeinde, mit der ganzen Christenheit zusammen, und vereint sich mit der oberen vollendeten Gemeinde und den himmlischen Heerschaaren. Die Kirche, der Leib des Herrn, gründet sich auf den alten Bund der Vergangenheit; sie nimmt in sich auf die sichtbare Gemeinde der Gegenwart; und sie blickt auf zu der hoffenden Vollendung in der Zukunft. Jesus Christus ist ihr A und O, ihr Herr und Haupt, der da war und der da ist und der da sein wird, dem alle seine Glieder leben, dem alle seine Kinder sterben. Als die Stimme der Einen, allgemeinen, christlichen Kirche, welche durch die Offenbarung des dreieinigen Gottes gegründet ist, ruft der Chor in dem eröffnenden Psalmengesang der sichtbaren,

---

*) Anmerk. Im altjüdischen Gottesdienst wurden nicht nur regelmäßig die Psalmen, sondern auch die biblischen Lectionen und feststehenden Gebete von den Priestern gesungen, weil ein gewöhnliches Ablesen der heiligen Worte als unziemlich und weniger feierlich erschien. Der Gesang des Geistlichen wurde später aus dem jüdischen in den christlichen Gottesdienst übernommen und wird in rein lutherischen Kirchen noch jetzt gepflegt.

einzelnen Gemeinde die Bedeutung der Kirchenzeit, die Heilsthat des Herrn an dem besonderen Tage zu, der sich selbst gegeben hat für Alle zur Erlösung, daß solches zu seiner Zeit geprediget würde. 1 Timoth. 2, 6.

Wo kein Chor besteht, da ruft sich die Gemeinde unter einander die Aufgabe des Sonn= und Feiertages durch das Eingangslied zu. In der Adventszeit ist es wohl:

Wie soll ich Dich empfangen.

Mit Ernst ihr Menschenkinder.

In der Epiphanienzeit:

Liebster Jesu, wir sind hier.

In der Passionszeit:

O Welt, sieh' hier dein Leben.

Die Seele Christi heil'ge mich.

In der Pfingstzeit:

Allein Gott in der Höhe u. s. w.

Durch diesen Eingang wird die Gemeinde in die Andachtsstimmung versetzt, wie sie sich zu der Kirchenzeit ziemt.

Das Kirchenjahr, welches mit dem ersten Advents=Sonntage beginnt und mit dem letzten Trinitatissonntage schließt, zerfällt in zwei Theile, 1) in die festliche Hälfte. Dieselbe verkündet von Advent bis zum Trinitatisfest die großen Thaten und Offenbarungen des dreieinigen Gottes. 2) In die festlose Zeit, welcher die Trinitatissonntage angehören, die das Werk des heiligen Geistes in der Gemeinde behandeln.

Die festliche Zeit scheidet sich nach der Heilsoffenbarung des dreieinigen Gottes in drei Festkreise:

1) Weihnachten ist das Fest Gottes des Vaters, der also die Welt geliebt, daß er seinen eingebornen Sohn gab, auf daß alle, die an ihn glauben, nicht ver=

loren werden, sondern das ewige Leben haben. Der Weihnachtskreis beginnt mit den vier Advents-Sonntagen (Advent heißt Ankunft, Zukunft), an denen das Kommen des Menschensohnes in die Welt (Vergangenheit), sein tägliches Kommen für unser Herz durch sein Wort (Gegenwart) und seine Wiederkunft zum Gericht (Zukunft) geprediget wird. Die Epiphanienzeit beschließt den Kreis des Weihnachtsfestes (Epiphania heißt Erscheinung). Vom 6. Januar (dem Tauffeste des Heilandes) an bis zum Sonntag Septuagesimä verkünden die Sonntage das Erscheinen des Herrn auf Erden, seine Kindheit, seine öffentliche Wirksamkeit, seinen Wandel und seine Wunder.

2) Die Sonntage Septuagesimä (d. h. der 70. Tag), Sexagesimä (60. Tag) und Estomihi leiten durch die Betrachtung der Lehre Jesu zur Passionszeit über und bereiten damit das Fest Gottes des Sohnes, der mich verlornen und verdammten Menschen erlöset hat, erworben und gewonnen von allen Sünden, vom Tode und von der Gewalt des Teufels, nicht mit Gold oder Silber, sondern mit seinem heiligen, theueren Blute und mit seinem unschuldigen Leiden und Sterben, auf daß ich sein eigen sei und in seinem Reiche unter ihm lebe und ihm diene in ewiger Gerechtigkeit und Seligkeit, gleichwie er auferstanden ist von den Todten, lebet und regieret in Ewigkeit.

Der Osterkreis reicht vom Sonntag Septuagesimä bis zum Sonntag Rogate. Er handelt von der Lehre, dem Leiden, Sterben und Auferstehen Jesu Christi, von seinem prophetischen, hohepriesterlichen und königlichen Amte, von dem Stande der Erniederung und der Erhöhung des wahrhaftigen Gottes- und Menschensohnes, der aufgefahren ist gen Himmel, sitzend zur Rechten Gottes des Vaters.

3) Vom Himmel sendet der Vater und der Sohn, Gott den heiligen Geist, der sich 50 Tage nach der Auferstehung Jesu Christi, über die Jünger ergoß. Nach dem griechischen Worte pentecoste, d. h. 50. Tag, wird das **Fest Gottes des heiligen Geistes, Pfingsten** genannt. Es umschließt das Himmelfahrtsfest, den Sonntag Exaudi und die beiden Pfingstfeiertage, an welchen die Christenheit singt:

O! heil'ger Geist, kehr bei uns ein,
Und laß uns Deine Wohnung sein,

damit er uns in alle Wahrheit leite, sein Straf-, Zucht- und Trost-Amt übe, das Wort, Bild und Werk des Heilandes in uns verkläre und uns vor Gott vertrete mit unaussprechlichen Seufzern.

Das **Trinitatisfest** (Fest der heiligen Dreieinigkeit, am Sonntag nach Pfingsten) schließt die Festzeit ab, und faßt ihren Hauptinhalt, die dreifache Offenbarung des dreieinigen Gottes, noch einmal zusammen, indem es das Geheimniß der heiligen Dreifaltigkeit feiert. Von Gott und durch Gott und (zu) in Gott sind alle Dinge. Ihm (dem dreieinigen Gott) sei Ehre in Ewigkeit, heißt es in der Epistel des Tages, Römer 11, 34—36.

Das that ich für dich! — spricht der dreieinige Gott durch seine Heilsthaten in der festlichen Hälfte des Kirchenjahres zu der Gemeinde und einzelnen Seele. Was wirket meine Gnade in dir? darnach fragt die zweite Hälfte des Kirchenjahres, nach dem apostolischen Worte: Seid nicht Hörer allein, sondern Thäter des Wortes.

Die Trinitatissonntage handeln von der Berufung zum Reiche Gottes, von dem Werke der Heiligung und von der einstigen Vollendung der Gläubigen, also von dem Beginn, Fortgang und Ausreifen des geistlichen Lebens.

Feste des Herrn hat die zweite Hälfte des Kirchenjahres nicht, dagegen einige der Kirche, welche im Reformationsfest dankbar ihrer Geschichte und der Wiederherstellung der gereinigten evangelischen Lehre gedenkt und am Todtenfest, wie eine Mutter, sich liebend ihrer heimgegangenen Kinder erinnert und die Gemeinschaft der oberen und unteren Gemeinde festhält. Die Kirche geht auch in das Leben des Volkes ein, sie heiliget seine Freude am Geburtstage des Fürsten, bringt Gott, als dem Geber aller Gaben, am Erntedankfest Lob und Ehre für allen Segen im irdischen Leben und Beruf dar, begeht den Jahreswechsel des bürgerlichen Lebens an heiliger Stätte und findet am Buß- und Bettage das heilsame Wort ernster Mahnung zur Sündenerkenntniß und Heiligung.

So bringt das von der Kirche hochgehaltene Licht des göttlichen Wortes erleuchtend und erwärmend in alle Gebiete des inneren und äußeren Lebens.

Je nach der verschiedenen Bedeutung der kirchlichen Zeit, hat jeglicher Sonn- und Feiertag seine besondere Sprache und Bestimmung. Wie ein Herold ruft der Eingang des Gottesdienstes (Introitus), in Lied oder Psalmenwort, der versammelten Gemeinde diese bestimmte Bedeutung des einzelnen Tages zu: das Kommen oder Leben, das Leiden oder Sterben und Auferstehen des Herrn; die Berufung, Heiligung und Vollendung durch den heiligen Geist, damit sie sich sinnend und betend in die Gnadengabe des Tages versenke.

Liebſter Jeſu! wir ſind hier,
Dich und Dein Wort anzuhören:
Lenke Sinnen und Begier
Auf die ſüßen Himmelslehren,
Daß die Herzen von der Erden
Ganz zu Dir gezogen werden.

———

Der Eingangsgruß und Spruch.

Durch den Eingang iſt Herz und Sinn der Gemeinde auf das Wort des Herrn gerichtet, welches er ihr da=reichen will. Wer giebt? Der dreeinige Gott. Darum begrüßt der Geiſtliche mit dem erſten Altarworte die Ge=meinde im Namen des dreeinigen Gottes. Im Rath=ſchluß der heiligen Dreeinigkeit ward der Liebeswille ge=faßt: Laſſet uns Menſchen machen, ein Bild, das uns gleich ſei. An jedem Tage, da ein neues Menſchenleben durch das Sakrament der heiligen Taufe für die Ewig=keit geboren wird, nimmt es der dreeinige Gott in ſeine Gemeinſchaft auf. Durch Erſchaffung und Taufe gehören wir dem dreeinigen Gott an. Wir ſind ſein Geſchöpf, ſein erkauftes Eigenthum, gepflanzt in ſein Reich, be=ſtimmt durch und für ihn zu leben. Deſſen müſſen wir uns immerdar von neuem bewußt werden. Darauf weiſet der Eingangsſpruch hin:

Im Namen des Vaters und des Sohnes und
des heiligen Geiſtes.

Für das Gotteskind ſteht der Vater, für den erlöſten Sünder der Sohn, für den wiedergebornen Menſchen der heilige Geiſt, mit der ganzen Machtfülle göttlicher Herr=lichkeit und der ganzen Liebesfülle ewiger Barmherzigkeit bereit — ihm zu dienen.

Unsere Hülfe ist im Namen des Herrn, der
Himmel und Erde gemacht hat. (Psalm
124, 8.)

Als Gott der Vater Himmel und Erde schuf, da ging
mit der Allmacht, welche die Welt aus Nichts ins Leben
rief, die Liebe Hand in Hand, welche sich selige Menschen=
kinder erschaffen wollte, sie zu lieben und zu segnen.
Der Liebesrath zu unserer Erlösung ist so alt, als die
Welt ist. Von der Schöpfung geht die Erlösung und
Heiligung aus. Die gottesdienstliche Feier soll und will
ein immer neues Schöpfungs=, Erlösungs= und Heiligungs=
Werk in dem Menschenherzen ausrichten. Darum geht
sie mit ihren ersten Worten zurück auf die Geschichte der
Schöpfung, auf das Bekenntniß an Gott, den allmächti=
gen Schöpfer Himmels und der Erde.

* * *

Das Sündenbekenntniß.

Wir bekennen im ersten Glaubensartikel aber nicht allein:
Ich glaube an Gott, den Schöpfer — wir glauben zugleich an
Gott den Vater. Von Natur steht der heilige Gott und der
sündige Mensch nicht in dem innigen Liebesverhältniß eines
Vaters mit seinem Kinde. Die Sünde scheidet Beide
und hat es dahin gebracht, daß sich der Mensch feindlich
gegen seinen Schöpfer, ungehorsam gegen seinen Gott
stellt, und ihn wohl fürchtet, aber nicht liebt. Erst Til=
gung der Schuld: dann Aufnahme in den Gnadenbund.
Eure Untugenden scheiden euch und euren Gott von ein=
ander, und eure Sünden verbergen das Angesicht von euch,
daß ihr nicht gehöret werdet. (Jesaias 59, 2.) Erst
Vergebung der Sünde: dann Erhörung des Gebets. Der

in Sünden empfangne und geborne Mensch bleibt auch nach der Taufe und Bekehrung ein armer, elender Sünder, der täglich wider die Gebote des heiligen Gottes fehlet und darum keinen Anspruch des Rechts auf Gebetserhörung hat. Kein Sünder darf im Vertrauen auf eigene Gerechtigkeit dem Throne des dreimalheiligen Gottes nahen, vor dessen Majestät die Seraphinen und Cherubinen mit verhülltem Antlitz stehen. Darum, wenn ihr zum Herrn schreien werdet, wird er euch nicht erhören, sondern wird sein Angesicht vor euch verbergen zu derselben Zeit, wie ihr mit eurem bösen Wesen verdienet habt. (Micha 3, 4.) Die Priester des alten Bundes durften nicht eher dem heiligen Gott in seinem Tempel mit Gebet und Opfer nahen, ehe sie nicht ein Sündopfer dargebracht hatten und von ihrem bösen Handeln, Hören und Wandel entsündiget waren durch Besprengung des rechten Daumens, Ohres und Fußes mit Blut. Nicht anders ist es mit der priesterlichen Gemeinde des neuen Bundes. Drei Jahre waren die Jünger dem Herrn nachgefolget und hatten Alles verlassen um seinetwillen, dennoch sagt der Heiland seinem Petrus, als er ihm die Füße wäschet: Werde ich dich nicht waschen, so hast du keinen Theil mit mir. Ist durch das Bad der Wiedergeburt auch das Herz gewaschen, die Füße gehen immer wieder in den Staub der Erde und bedürfen der Reinigung. Der verlorene Sohn sprach zuvor ein Sündenbekenntniß, ehe er wieder eingesetzt ward in die Kindesrechte, und das Festkleid, sammt dem Ringe und den Schuhen empfing.

Wer seine Missethat leugnet, dem wird es nicht gelingen, wer sie aber bekennet und lässet, der wird Barmherzigkeit erlangen. (Sprüche 28, 13.) Demüthig und reuig bekennet darum die Gemeinde, und in ihr jeder einzelne

Christ, allsonntäglich dem allwissenden Gotte alle Sünde und Missethat, die wir begangen mit Gedanken, Worten und Werken, seit der letzten Entsündigung, indem der Geistliche in Aller Namen das Sündenbekenntniß spricht.

Während der ganzen gottesdienstlichen Feier vertritt der Geistliche einerseits die Gemeinde, andrerseits seinen Herrn und Gott.

Im Namen der Gemeinde bringt er Lob und Dank, Bitte und Fürbitte vor Gottes Thron. Und als Diener Gottes und Botschafter an Christi Statt, verkündet er Gottes Wort, spricht er Gottes Gnade zu und theilet den Segen des dreieinigen Gottes aus. *)

Von Anbeginn her hat die Christenheit mit nach Osten gewandtem Angesicht gebetet. Gott der Herr! der Mächtige redet und ruft der Welt vom Aufgang der Sonne bis zum Niedergang. Aus Zion bricht an der schöne Glanz Gottes. (Psalm 50, 1—2.) Von Osten her ist das Licht des Evangeliums zu uns gekommen. Darum sieht die betende Gemeinde dem Anbruch des Lichtes entgegen, das ihr ein Symbol des wahrhaftigen Lichts der Welt ist, von dem sie singt:

Herr Jesu! Gnadensonne,
Wahrhaftes Lebenslicht!
Laß Leben, Licht und Wonne

---

*) Anmerk. Geistliche lutherischer Confession bezeugen diese zwiefache Stellung und Aufgabe des Dienens am Worte wohl äußerlich dadurch, daß sie sich beim Gebet an der Spitze der betenden Gemeinde zum Altare, als der sinnbildlichen Stätte der Gnadengegenwart des Herrn, wenden und zur Gemeinde sich kehren, wenn sie im Namen und an Stelle Gottes zu ihr sprechen. — Anderen scheint es richtiger, auch zur Gemeinde gewandt die Gebete zu halten, weil der Herr inmitten seiner Gemeinde gegenwärtig sei.

Mein blödes Angesicht
Nach Deiner Gnad' erfreuen
Und meinen Geist erneuen;
Mein Gott! versag mir's nicht.

Als Vertreter der Gemeinde spricht der Geistliche das Sündenbekenntniß. Daß es in ihrem Sinn und Namen, aus der Erkenntniß und dem Heilsverlangen ihres Inneren geschehen, bekräftiget diese noch besonders, indem sie im Kyrie eleison ihren bittenden Ruf um Befreiung aus aller Sünden-, Herzens- und Lebens-Noth weiter vor Gott ausspricht.

Das Kyrie eleison, d. h. Herr! erbarme Dich unser! stammt aus der heiligen Schrift, wo es als ein Hülf- und Bittruf im Alten, wie im Neuen Testamente vorkommt. (Psalm 51, 3. 123, 3. Matth. 9, 27. 15, 22. 17, 15. 20, 30. Marcus 10, 47—48.)

Seit frühster Zeit ist der Seufzer zu dem dreieinigen Gott: Kyrie eleison — Christe eleison — Kyrie eleison! in gottesdienstlichem Gebrauch. Anfänglich stand er in Verbindung mit dem allgemeinen Kirchengebet oder der Litanei, indem die Gemeinde jede einzelne vom Diakon gesprochene Bitte mit dem „Kyrie eleison“ bekräftigte. Die Kirche hat die griechischen Worte beibehalten, eben wie das ebräische „Amen“ (wahrlich! ja! es soll geschehen!) „Hosiannah“ (Herr! hilf uns!) und „Hallelujah“ (lobet den Herrn!), damit die ganze Christenheit aller Jahrhunderte und Länder sich ihrer Einheit darin bewußt bleibe und in einzelnen Worten Gott in den Ursprachen anrufe, in welchen der heilige Geist sie zuerst geredet hat. Sie weisen zurück auf die Geschichte und Vergangenheit der Kirche und erheben den Blick zu der Zeit der Herrlichkeit, wo die Sprachverwirrung, wie alle Folgen der

Sünde wird aufgehoben sein, und die triumphirende Kirche in Einer Sprache singen wird: Lob und Ehre und Weisheit und Dank und Preis und Kraft und Stärke sei unserm Gott von Ewigkeit zu Ewigkeit. Amen.

Schon hienieden begegnen sich die Glieder des Leibes Christi, so verschieden ihre Landessprache, in dem Verständniß der Worte, mit welchen sich das Volk Israel zu den Zeiten von Moses, David, und bei der Erscheinung unseres Herrn, bittend, lobend und bekennend zu Gott wandte.

Mit einer Missionarsfrau kam vor Kurzem ein getauftes Hinduweib nach Berlin, der eine Missionsfreundin ein Crucifix gab mit den Worten: Jisu — Hallelujah! — Amen! Da leuchtete das glänzende Auge in dem braunen Antlitz. Die indische und die deutsche Christin hatten sich verstanden.

Die Absolution.

So wir unsere Sünden bekennen, so ist er treu und gerecht, daß er uns die Sünden vergiebet und reiniget uns von aller Untugend. (1 Johannis 1, 9.) Wodurch werden wir rein?

> Nichts kann ich vor Gott ja bringen,
> Als nur Dich, mein höchstes Gut.
> Jesu! es muß mir gelingen
> Durch Dein rosinfarbnes Blut.

Im Namen Gottes spricht der Geistliche der Gemeinde, die sich bußfertig und demüthig vor Gott ihrer Sünden schuldig gegeben hat, Gnade und Vergebung zu, entweder in einer allgemeiner gefaßten Form der Absolution oder in einem Gnaden- und Trostspruch heiliger Schrift: Es sollen wohl Berge weichen und Hügel hinfallen, aber meine Gnade soll nicht von dir weichen und der Bund meines Friedens soll nicht hinfallen, spricht der Herr, dein Erbarmer. Jesaias 54, 10. Da wird das durch seine Sünden gebeugte Menschenherz durch die Rechte seiner Taufgnade getröstet. Je nach der kirch= lichen Zeit tritt ein Wechseln mit dem Gnadenspruch ein.*) Das Blut Jesu Christi, der sich selbst ohne allen Wandel durch den heiligen Geist Gotte geopfert hat, reiniget unser Gewissen von den todten Werken, zu dienen dem lebendigen Gotte. (Ebräer 9, 14.) Der ewige Hohepriester hat sein Blut für unsere Sünden da= hingegeben und vertritt uns beim Vater. So oft wir im Glauben das ewig gültige Opfer uns aneignen, das auf Golgatha dargebracht ist, so oft werden wir um des= willen entsündiget, geheiliget, gereiniget, daß wir dem hei= ligen Gott als Priester des neuen Bundes mit Gebets= opfern und Lobgesängen nahen dürfen. Gott siehet uns hinfort nicht mehr an, wie wir von Natur und Person sind, sondern was wir in und durch Christum geworden sind. In dem Geliebten werden wir angenehm. (Ephes. 1, 6.)

Das große Gloria:

Ehre sei Gott in der Höhe, Friede auf Erden und den Menschen ein Wohlgefallen.

Nun aber, die ihr in Christo Jesu seid, und weiland ferne gewesen, seid nun nahe geworden durch das Blut Christi. Denn er ist unser Friede, durch ihn haben wir den Zugang zum Vater. (Ephes. 2.) Die Vergebung der Sünden hebt die Scheidewand zwischen Gott und dem Menschen auf. Das Kind, welches sich furchtsam und

---

*) In der Agende angegeben.

ſcheu, ferne von ſeinem Vater hielt, ſo lange die unver=
gebene Schuld eine Mauer zwiſchen beiden aufrichtete,
nahet ihm wieder hellen Auges und leichten Herzens, ſo=
bald der drückende Bann gelöſt iſt.

Die von Gott dem Vater uns geſchenkte, von Gott
dem Sohne uns erworbene, von Gott dem heiligen Geiſte
uns zugeſprochene Gnade der Sündenvergebung, bewegt die
Gemeinde zu lobpreiſendem Danke gegen den dreieinigen
Gott. Aller Friede im Herzen und auf Erden, alles
Wohlgefallen an und vor Gott, geht von dem Kreuze auf
Golgatha aus, von dem eingebornen Sohne, über welchen
die Stimme Gottes dreimal ſprach: Das iſt mein lieber
Sohn, an welchem ich Wohlgefallen habe. Im Paradieſe
empfingen die in Sünden gefallenen erſten Menſchen die
erſte Verheißung von dem großen Friedensbringer und
ſiegreichen Schlangentreter. Durch die tauſendjährige
Geſchichte Iſraels geht die Adventsſehnſucht und Meſſias=
hoffnung. In der heiligen Weihnacht bei Bethlehem er=
füllte ſie ſich. Ohne Weihnachten kein Charfreitag und
Oſtern. Darum ſieht die Gemeinde, wenn ſie für die
ihr aufs neue zugeſprochene Sündenvergebung und Kind=
ſchaftsrechte ihrem Gotte Dank ſagen will, auf die ſtille
Nacht zurück — da uns erſchienen des großen Gottes
Freundlichkeit, und weiß keinen Gott wohlgefälligeren Lob=
geſang darzubringen, als den, welcher einſt aus dem Munde
der himmliſchen Heerſchaaren ertönte. (Lukas 2, 14.)
Der Geiſtliche ſtimmt das große Gloria an (Gloria
in excelsis):

Ehre ſei Gott in der Höhe
die Gemeinde ſetzt es fort:

Und Friede auf Erden
Und den Menſchen ein Wohlgefallen. Amen.

Es singt auch wohl der Chor den Lobpreis und die Gemeinde läßt ihn weiter tönen in dem Liede: Allein Gott in der Höh'. *)

Dem großen Gloria schließt sich an Fest= und Feier= tagen der unvergleichlich schöne Hymnus an, in welchem die Kirche ihre Glaubensfreudigkeit und jubelnde Dank= barkeit noch weiter bekennt, die große Doxologie, d. h. Lobpreisung, Verherrlichungsform. Beides gehört zu den alterältesten und köstlichsten Kleinodien der Kirche. Der schöne Hymnus erscheint schon bald nach der apostolischen Zeit und lautet nach dem Griechischen:

Ehre sei Gott in der Höhe und Frieden auf Erden,
Und den Menschen ein Wohlgefallen!
Wir loben Dich, wir preisen Dich, wir beten Dich an,
Wir danken Dir für Deine große Herrlichkeit!
Herr! himmlischer König!
Gott! allmächtiger Vater!
Herr! Du eingeborner Sohn,
Jesu Christe!
Und Du, heiliger Geist,
Herr und Gott!
O Du Lamm Gottes,
Du Sohn des Vaters,
Der Du hinweg nimmst die Sünden der Welt,
Erhöre unser Gebet!
Der Du sitzest zur Rechten des Vaters,
Erbarme Dich unser!
Denn Du allein bist heilig, Du allein bist der Herr,
Jesus Christus, zur Ehre Gottes, des Vaters.

---

*) Anmerk. Dieses Lied, welches seit ungefähr 1529 in kirchlichen Gebrauch ist, soll von Nikolaus Decius schon um 1495 gedichtet sein, in dem Jahre, da Kaiser Maximilian I. durch

Ohne Zweifel ist dieser alte, uns überkommene Hymnus derselbe Lobgesang, welchen Plinius, der heidnische Statthalter von Bithynien, bereits in den Jahren 103—105 in seinem Bericht an Kaiser Trajan mit den Worten erwähnt: „Die Christen versicherten, ihre ganze Schuld habe darin bestanden, daß sie gepflegt hätten, an einem bestimmten Tage (Sonntag) vor Anbruch des Lichtes zusammen zu kommen und einen Wechselgesang anzustimmen, zur Ehre Christi, als eines Gottes" u. s. w.

Wie werth die ältesten Christen diesen Lobgesang hielten, zeigt sich daraus, daß er in einer der ältesten Handschriften des Neuen Testamentes hinter den heiligen Büchern aufgezeichnet steht. Neben diesem Morgengesange der alten Christen, ist in derselben Evangelienhandschrift auch ein Anderer aufbewahrt, welcher nach dem griechischen Urtexte heißt: „Täglich will ich Dich loben und Deinen Namen preisen in Ewigkeit, ja bis in alle Ewigkeit. Würdige uns, Herr! auch diesen Tag uns frei von Sünden zu bewahren. Sei gelobt, Herr Gott unserer Väter! und gepriesen und verherrlichet sei Dein Name ewiglich. Amen." Auf diesem kurzen Hymnus des Morgenlandes ruhet der sogenannte Ambrosianische Lobgesang, das Te Deum laudamus, unter Hinzufügung des Heilig (nach Jesaias 6, 3.) der Litanei und des Glaubensbekenntnisses in alter Form, welchen Luther aus dem Lateinischen so schön übersetzt hat in seinem: „Herr Gott! Dich loben wir."

Neben dem großen Gloria (Ehre sei Gott in der Höhe!) muß auch das sogenannte kleine Gloria er-

---

Einführung des allgemeinen Landfriedens die Herrschaft des Faustrechtes beendete. Darauf insonderheit sollen sich die Worte beziehen: All' Fehd' hat nun ein Ende.

wähnt werden: Ehre sei dem Vater und dem Sohne und dem heiligen Geiste, wie es war am An= fang, jetzt und immerdar, und von Ewigkeit zu Ewigkeit. Amen.

Nach uralter Sitte wurde dasselbe am Schluß jedes Psalmen gesungen, und hat noch jetzt diese Stelle be= halten, wo der Chor mit einem Psalmen den Gottesdienst eröffnet oder einen seiner Abschnitte beschließt. Die Kirche bekannte mit dem kleinen Gloria gegen ketzerische Irrlehren ihren Glauben an: „Einen Einigen Gott, in drei Personen, von gleicher Herrlichkeit und gleich ewiger Majestät, wie der Vater ist, so ist der Sohn und so ist der heilige Geist, alle drei Personen mit einander gleich ewig, gleich groß" — gleich anzubeten.

Die von ihren Sünden losgesprochene Gemeinde bringt Gott in dem großen Gloria die Opfer ihres Dankes dar. Versöhnt, gereiniget, unverhüllten Ange= sichtes, freien Herzens und im Vollbesitz ihrer Kindes= rechte, darf sie nun ihrem gnädigen Gotte und lieben Vater nahen, zu nehmen, was seine Gnade ihr zugedacht hat und ihm darnach zu geben, was dieselbe in ihr ge= wirkt hat.

II. Die Entgegennahme und Aneignung des göttlichen Wortes.

Der Gruß. (Salutatio.)

Die Gemeinde ist innerlich bereitet zur Feier des Tages. Sie hat sich auf das christliche Grundbekenntniß an den dreieinigen Gott gestellt, demüthig ihre Sünde vor ihm bekannt und in Jesu Gnade gefunden. So steht die priesterliche Gemeinde durch Buße und Glaube gerechtfertigt vor Gottes Angesicht. Darum gilt ihr das Wort: Höre, mein Volk! laß mich reden, laß mich unter dir zeugen: Ich Gott! bin dein Gott. So heißt es in dem 50. Psalm, der die Ueberschrift hat: Vom wahren Gottesdienste. Der natürliche Mensch vernimmt aber nichts vom Geiste Gottes und kann Gottes Wort nicht verstehen. Darum betet David: Oeffne mir die Augen, daß ich sehe die Wunder an Deinem Gesetz (Psalm 119, 18.). Nur durch Christi Geist und mit Hülfe des von ihm gesandten heiligen Geistes kann das Hören und Verkündigen, das Geben und Nehmen des göttlichen Wortes gesegnet sein. Deshalb begrüßt der Geistliche die Gemeinde, bevor er ihr Gottes Wort darbietet, mit dem Segenswunsche:

Geistlicher: Der Herr sei mit euch.

und die Gemeinde wünscht dem Diener des Evangeliums zu seinem amtlichen Handeln die gleiche Gnade und Kraft Gottes, indem sie erwiedert:

Gemeinde: und mit deinem Geiste.

Wie wenig dieser Wechselgruß richtig verstanden wird, können wir allsonntäglich hören, wenn ein Theil der Kirchgänger auf den Wunsch des Geistlichen regelmäßig antwortet: „und mit seinem Geiste." Da eignen sie sich auch den zweiten Satz an und vergessen, daß der Träger des Amtes zu seinem priesterlichen Handeln, wie zum Auslegen des Schriftwortes, göttlichen Beistand sehr nöthig hat. Nur der heilige Geist

— macht geschickt und rüstet aus
Die Diener, die des Herrn Haus
In diesem Leben bauen.
Er ziert ihr Herz, Muth und Verstand,
Läßt ihnen, was uns unbekannt,
Zu unserm Besten schauen. —

„Wie der Priester für das Volk, so bete das Volk für den Priester," sagt Chrysostomus zur Erklärnng des Salutatio. St. Paulus fordert die Ephesier ausdrücklich zur Fürbitte für sich auf: Betet stets in allem Anliegen und wachet mit allem Anhalten und Flehen für alle Heiligen, und für mich, auf daß mir gegeben werde das Wort mit freudigem Aufthun meines Mundes, daß ich möge kund machen das Geheimniß des Evangelii — auf daß ich rede, wie sich's gebühret. (Ephes. 6, 18—20.)

Die Kirche, welche sich allezeit auf Gottes Wort gründet, hat auch diesen Segenswunsch und Gegengruß biblischem Vorbilde entnommen. Der Prophet Asarja spricht zu dem frommen König Assa und seinem Volke: Der Herr ist mit euch, weil ihr mit ihm seid, und wenn ihr ihn suchet, wird er sich von euch finden lassen. (2. Chronica 15, 2.) Boas begrüßt seine Schnitter auf dem Felde: Der Herr sei mit euch, und dankend antworten sie: Der Herr segne dich. (Ruth 2, 4.) Zu der Jungfrau Maria spricht der Engel Gabriel: Der Herr ist mit dir. (Lukas 1, 28.) Den Thessalonichern sagt St. Paulus den Abschiedsgruß: Der Herr sei mit euch Allen (2 Thess. 3, 16.), und seinem Schüler Timotheus ruft er zu, nachdem er ihn in der Führung des evangelischen Predigtamtes unterwiesen hat: Der Herr Jesus Christus sei mit deinem Geiste. (2 Timoth. 4, 22.)

Frühe schon nahm die Kirche den biblischen Gruß in gottesdienstlichen Gebrauch und gab ihm seine Stelle vor der Schriftlesung.

———

Das Gebet vor der Epistel. (Collekte.)

Ermuntert und gestärkt durch den wechselseitigen Segenswunsch zu weiterem Gebet, vereinen sich Geistlicher und Gemeinde zur gemeinsamen Bitte in Jesu Namen, daß Gott die Herzen öffnen und zur Aufnahme des göttlichen Wortes selbst bereiten wolle. Nach altem Kirchengebrauch fordert der Geistliche die Gemeinde zum Mit-Beten auf in den Worten: „Lasset uns beten." Sie soll nicht ohne persönliche Theilnahme zuhörend dastehen, für sich und über sich beten lassen, sondern mit-dabei, mit-thätig sein, mit-beten aus innerem Bedürfen. Nicht für das Volk, sondern in seinem Namen nimmt der Geistliche das Wort und zwar kein selbstgewähltes und willkührliches, vielmehr ein kirchlich vorgeschriebenes. In kurzen Worten weist es auf den Inhalt von Epistel und Evangelium hin und bittet Gott um gläubige und fruchtbringende Annahme der folgenden Schriftstelle. Es ist daher ein mit der Kirchenzeit wechselndes Gebet. Nach seinem zusammenfassenden Inhalt und der bündigen Form heißt dieses kurze, der Bibellection allezeit vorangehende Gebet: die Collekte (d. h. Zusammenfassen, Sammlung). Es will die Herzen und Sinne der Betenden zur stillen Sammlung vor Gott bringen, daß seine Stimme gehört werde und tief in den Seelen nachklinge. Lehre mich Deine Rechte, unterweise mich den Weg Deiner Befehle. (Pf. 119, 26—27.) Das Schriftwort bezeichnet die Bedeutung der Collekte.

Das Amen.

Durch das von der Gemeinde gesungene „Amen" bekräftiget sie es, daß der Geistliche in ihrem Namen und Sinne die Collekte gebetet habe.

Das Wort „Amen", wie die Sitte, Gebete damit zu beschließen und ein priesterliches Gebet, als ein im Namen der Gemeinde gesprochenes zu bekräftigen, ist dem Judenthume entlehnt. Amen, der Herr thue also, der Herr bestätige dein Wort, heißt es beim Propheten Jeremias 28, 6. Darnach ist das „Amen" eine Versiegelung, ein Zubekennen; ja! wahrlich! bedeutet es. Als Moses gebot, Israel solle nach dem Einzug in das gelobte Land einen feierlichen Dankgottesdienst halten, da verordnete er, daß die Leviten dabei mit lauter Stimme die einzelnen Gebote sagen und alles Volk darauf antworten solle: „Amen." (5 Mos. 27, 26.) Gelobet sei der Herr, der Gott Israels, von Ewigkeit zu Ewigkeit, schlossen die Sänger ihren Lobgesang, als unter König David die Bundeslade nach Jerusalem gebracht war, und alles Volk säge Amen und lobe den Herrn. (1. Chronica 17, 36.) So setzte der königliche Psalmist auch zu fröhlicher Glaubensbestätigung und Versiegelung seines eignen Bekenntnisses, die Wörte unter seine Psalmen: Gelobet sei Gott, der Herr, der Gott Israels, der allein Wunder thut. Und gelobet sei sein herrlicher Name ewiglich; und alle Lande müssen seiner Ehre voll werden. Amen, Amen. (Pf. 72, 19.)

Wie in dem jüdischen Gottesdienste, so bestätigte auch in dem alt=christlichen die Gemeinde das Gebet des Priesters mit ihrem lauten Amen. Daß es schon zur apostolischen Zeit so geschah, geht aus den Worten St. Pauli,

1 Corinth. 14, 16. hervor: Wenn du aber segnest im Geist, wie soll der, so anstatt des Laien stehet, Amen sagen auf deine Danksagung, sintemal er nicht verstehet, was du sagest. Von da ab durfte das Amen bei keinem Gebete fehlen. Es bekräftigte, daß man aus vollster, innerer Ueberzeugung gebetet, wenn es eine Lobpreisung Gottes beschloß; es drückte den Wunsch aus, daß es also geschehe, wie man gebetet, wenn es einer Bitte oder Fürbitte folgte.

Ein altes deutsches Sprüchwort nennt das Amen: „des lieben Gottes großes Siegel". Am Schluß eines im Namen Jesu gebeteten Gebets ruft nicht nur der Mensch, aus der Tiefe in die Höhe, mit der felsenfesten Gewißheit der Erhörung: Du willst, Du kannst, Du mußt, Du wirst erhören, ja! Du hast mich schon erhöret; sondern in demselben Augenblicke spricht auch Gott, aus der Höhe in die Tiefe herab: Ja! ich will, ich kann, ich muß, ich werde! erhören, und ich habe erhöret. (Quandt: Vater-Unser.)

Der Apostel St. Johannes schreibt, 1 Johannis 5, 15—16: Das ist die Freudigkeit, die wir haben zu ihm, daß, so wir Etwas bitten nach seinem Willen, so höret er uns. Und so wir wissen, daß er uns höret, was wir bitten, so wissen wir, daß wir die Bitte haben, die wir von ihm gebeten haben. Woher diese gewisse Zuversicht? Weil unser ewiger Hohepriester und Fürsprecher beim Vater sich mit seinem wahrhaftigen Worte verbürget hat: Wahrlich! wahrlich! ich sage euch, so ihr den Vater Etwas bitten werdet in meinem Namen, so wird er es euch geben. (Joh. 16, 23.) Er Selbst spricht das „Amen" zu unserm Gebet, der treue und wahrhaftige Zeuge, welcher „Amen" heißt. (Offenb. 3, 14.)

Amen! das ist: es werde wahr!
Stärk' unsern Glauben immerdar,
Auf daß wir ja nicht zweifeln dran,
Was wir hiermit gebeten han.
Auf Dein Wort, in dem Namen Dein,
So sprechen wir das Amen fein.

Die Epistellection.

Was ihr bitten werdet in meinem Namen, das will ich thun, auf daß der Vater geehret werde in dem Sohne. (Joh. 14, 13.) Auf die gläubige Bitte der Gemeinde in der Collekte, giebt ihr der Herr sein Wort. Er tritt ihr immer näher, selbst zeugend, selber redend, zuerst in der Epistel des Tages, durch den Mund seiner Apostel. Das Wort der Lehre, des Gebots, geht dem Evangelium, als dem Worte der Gnade, vorauf, wie im jüdischen Gottesdienste zuerst das Gesetz, darnach die Lection aus den Propheten verlesen wurde.

Im ältesten Gottesdienste wiesen die Opfer das Volk Israel darauf hin, daß es einer Versöhnung mit Gott, einer Entsündigung und Reinigung durch Blut bedürfe, nachdem das Gesetz Sündenerkenntniß gewirkt. Alle Opfer waren Vorbilder des Einen Opfers, das auf Golgatha zur Erlösung der sündigen Welt dargebracht wurde. Als Israel in der babylonischen Gefangenschaft war, konnte es die von Gott verordneten Opfer am Heiligthume nicht darbringen, fühlte aber seine Sünde und Erlösungsbedürftigkeit um so mehr. Je dunkler es um Israels Volk war, desto sehnsüchtiger blickte es zu den hellen Sternen der Weissagung empor. Je länger sich das Kommen und leibliche Schauen des Messias verzog, desto mehr flüchteten sich die Heilsverlangenden in die alten Prophezeihungen, welche das vom Messias ausgehende Heil verkündeten. Daher fand seit der Gefangenschaft regelmäßig zum Schluß des Gottesdienstes, in den Synagogen, die Vorlesung eines prophetischen Abschnittes, nach dem des Gesetzes statt. In der Erscheinung und Person Jesu Christi fanden alle Weissagungen ihre Erfüllung. So war es natürlich, daß die Apostel, bei der mündlichen Verkündigung des Evangeliums, auf die alttestamentlichen Weissagungen von dem Namen und Amte Christi, von seinem Worte und seinen Wundern, von seiner Menschheit und Gottheit, von seinem Leben und Leiden, Sterben, Auferstehen und Himmelfahrt zurückgingen, um als Augen= und Ohrenzeugen seines Lebens zu bezeugen, daß er der verheißene Messias sei, auf den die Väter seit Adam gehofft. Es schloß sich in natürlichster Weise an die prophetische Lection die Predigt von Christo, und später, nach Aufzeichnung der Evangelien, deren Verlesung an. Wie die prophetische Lection durch die Evangelien erklärt wurde, so schloß sich an die Lesung des Gesetzes die Epistel, der apostolische Brief an, welche in praktischer Lehre zu einem rechtschaffenen Lebenswandel in Gottes Wegen und Geboten auffordert. Schon zur apostolischen Zeit wurden die Sendschreiben der erwählten Zeugen in den christlichen Versammlungen gelesen und den benachbarten Gemeinden zu gleichem Zwecke mitgetheilt (siehe 1 Theff. 5, 27. Coloff. 4, 16.). Der Apostel St. Johannis erhält den besonderen Befehl: Was du siehest, das schreibe in ein Buch, und sende es den Gemeinden in Asien. (Offenb. 1, 11.)

Es ergab sich somit in den morgenländischen Kirchen der ersten Christengemeinden, deren Mehrzahl aus be=

kehrten Juden bestand, in natürlicher Weise die Ordnung
einer vierfachen Schriftverlesung, von Gesetz und Propheten, Epistel und Evangelium. Später schwanden die
alt-testamentlichen Lectionen nach und nach aus dem
Gottesdienste, und Epistel und Evangelium traten an die
Stelle von Gesetz und Prophezeihung. *)

Bis zum vierten Jahrhundert wurde jedes Buch der
Bibel fortlaufend in den Haupt- und Nebengottesdiensten
durchlesen. Die bedeutendsten alten Kirchenlehrer stim-
men dahin überein, daß in der ersten Kirchenzeit, in den
Fasten das I. Buch Mose gelesen sei, in der Charwoche
das Buch Hiob und der Prophet Jonas, zu Ostern die
Auferstehungsgeschichte, zwischen Ostern und Pfingsten, in
der Freudenzeit der Kirche, die Apostelgeschichte, weil,
nach der Erklärung von Chrysostomus, die apostolischen
Wunderzeichen ein Beweis für die Auferstehung seien.
Als die alljährlichen Feste der Kirche mit den Gedenk-
tagen der Apostel und Märtyrer festgestellt wurden, war
es nothwendig, die fortlaufende Lesung eines Bibelbuches
zu unterbrechen und bestimmte, feststehende Abschnitte der
heiligen Bücher (Pericopen) für die besonderen Tage zu
wählen, welche in näherer Beziehung zu den Festen standen und sie erklärten. Dieselben wurden überall den
Gemeinden in den Landessprachen vorgelesen, „damit die
Erklärer nicht dem Volke vorreden könnten, was sie
hinterlistiger Weise für gut fänden.“

Es ist wie ein Gruß der alten Kirche, wie ein Band
zwischen alter und neuer Gemeinde, wenn am Altare

---

*) Anmerk. Wo in alt-lutherischen Gemeinden noch jetzt
die Verlesung eines alt-testamentlichen Schriftabschnittes mit
anschließender Erklärung vom Altare aus stattfindet, da geht
die Sitte auf die allerälteste Form der Lectionen zurück.

Jahr für Jahr die wohlbekannten Schriftlectionen gelesen werden. Die bleibende Unwandelbarkeit und Stätigkeit des Gotteswortes mahnet an den Ausspruch des Apostels: Alles Fleisch ist wie Gras und alle Herrlichkeit des Menschen wie des Grases Blume. Das Gras ist verdorret und die Blume abgefallen. Aber des Herrn Wort bleibet in Ewigkeit. Das ist aber das Wort, welches unter euch verkündiget ist. (1 Petri 1, 24—26.) Die Jahrhunderte, die Völker vergehen, die Welt verwandelt sich: Gottes Wort ist allezeit dasselbe, ein festes, prophetisches Wort; ein Licht, das da scheinet in einem dunklen Ort; ein unbeweglicher Fels, an dem sich die Wogen des auf- und niederfluthenden Völkermeeres und Menschenherzens brechen. Immer das alte Wort des Herrn und seiner Jünger, mit dem Einen Ziel: Menschen selig zu machen; immer ein neues Wort, so oft wir es hören, mit stets neuer Frucht. Immer die unwandelbare Stimme des unveränderlichen Gottes, der da war und ist und sein wird, an die vergangene, gegenwärtige und kommende Kirche und Gemeinde. Von der unruhigen Hast des Lebens will das Gotteswort, in seiner Ruhe und seinem Gleichmaß, in die Stille und zur Ewigkeit ziehen; aus der wechselnden Stimmung des Herzens will es zu der Sammlung und Versenkung in Gott führen. An dem immer gleichen Gotteswort, das wir seit 10—20 und 30 Jahren an heiliger Stätte hören, haben wir einen Spiegel, die Gestalt und das Wachsthum unseres Christenthums zu prüfen. Wohl denen, die ohne Wandel leben, die im Gesetz des Herrn wandeln. (Psalm 119, 1.)

———

Das Hallelujah.

Ich danke Dir von rechtem Herzen, daß Du mich lehrest die Rechte Deiner Gerechtigkeit, heißt es im 119. Psalm, der die Ueberschrift trägt: Der Christen goldenes ABC vom Lobe, Liebe, Kraft und Nutzen des Wortes Gottes. Mit Loben und Danken empfängt die Gemeinde Gottes Wort in der Epistel des Tages. Der Geistliche giebt diesem dankbaren Gefühl Ausdruck in dem Epistelspruch, und die Gemeinde bezeugt es in dem fröhlichen „Hallelujah."

Von Alters her war zwischen Lesung von Epistel und Evangelium die Stelle, wo die Gesangsluft der Christen in mannigfachster Form ihren Ausdruck fand. Theils füllte der Gesang die Zeit aus, in welcher die Vorbereitung geschah zu der mit besonderer Feierlichkeit stattfindenden Evangelienverlesung; theils diente er zu einem Ruhepunkte für die Seele. Während am Altare einige Augenblicke heiliges Schweigen herrschte, ließ der Singechor den durch die Epistel angeschlagenen Ton in den Herzen der Gemeinde weiter klingen. Ursprünglich sang die alte Christenheit an dieser Stelle einen Psalm, gewöhnlich den 150., welcher mit Hallelujah! schloß.*)

Das Hallelujah! (lobe den Herrn!) stammt nach Wort und Gebrauch aus den Psalmen, wo es vom 104. Psalm an häufig vorkommt, namentlich im 113.

---

*) Anmerk. Der zuerst von der Gemeinde, später vom Chor gesungene Psalmen, welcher sich mit der Zeit zu anderen Schriftstellen und in vielfache künstliche Weisen erweiterte, wurde graduale, d. h. Stufengesang, genannt, weil der Vorleser des Evangeliums während desselben die Stufen bestieg, auf denen das Evangelienpult stand.

bis 118., die den Namen des „großen Hallel" (Lob=
gesanges) führten und während des Passahmahles in
Israel gesungen wurden. Unser Herr hat diesen Lob=
gesang mitgesprochen in der Nacht, da er verrathen ward
und das heilige Abendmahl einsetzte. Der Evangelist St.
Matthäus berichtet das ausdrücklich: Da sie den Lob=
gesang gesprochen hatten, gingen sie hinaus an den Oel=
berg. (Matth. 26, 30.) Im Neuen Testamente er=
scheint das Hallelujah bereits als lobpreisende Antwort
auf das angestimmte, ewige Loblied der Auserwählten, in
dem Triumphlied der himmlischen Schaaren, Offenb. 19.
Weil keine Ueberstzung dem ebräischen Worte an Ge=
halt, Kürze und Wohllaut gleichkommt, darum ist das
Grundwort im liturgischen Gebrauch der christlichen
Kirche geblieben. Isidor, der Bischof von Sevilla, † 636,
erklärte: „Die beiden Worte „Amen" und „Hallelujah"
dürfen weder von den Griechen, noch von den Lateinern
in ihre Landessprachen übertragen, oder in irgend einer
anderen Sprache gesungen werden. Denn diese Worte
sind so heilig, daß St. Johannis in der Apocalypse
(Offenbarung) berichtet, er habe in der Offenbarung des
Geistes die Stimme vieler Gewässer und mächtiger Don=
ner gesehen und gehöret, welche „Amen" und „Hallelu=
jah" geklungen hätten, und es muß daher beides auf
Erden so gesprochen werden, wie es im Himmel tönt."
Ein Anderer erklärt das Hallelujah für ein Engelswort,
das sich in keiner menschlichen Sprache wiedergeben ließe
und meinte mit Augustinus: „im Himmel wird das
Hallelujah unsere Speise, unser Trank, unsere Ruhe,
unsere ganze Seligkeit sein."

In Palästina, namentlich in der Umgegend von Beth=
lehem, war vor Zeiten der Gesang des Hallelujah so

allgemein, daß man es überall hörte. Es wurde den Kindern in der Wiege vorgesungen, der Landmann sang es hinter dem Pflug, der Schnitter bei der Ernte, der Schiffer beim Rudern.

In der Kirche wurde es anfänglich nur in der Freudenzeit, von Ostern bis Pfingsten, später aber an allen Sonn- und Festtagen gesungen, nur nicht in den Fasten, am Charfreitag und im Advent. Nach dieser alt-kirchlichen Sitte hat sich der Brauch dahin geordnet in der evangelischen Kirche, daß es in der Passionszeit, am Charfreitag, Bußtag und Todtenfest fortfällt und durch ein „Amen" ersetzt wird, wie es der ernsteren Stimmung angemessen ist.

Das fröhlich jubelnde Hallelujah hebt Herz und Geist von der Erde empor und vereint die Seele mit den Gliedern der triumphirenden Gemeinde und den Engeln Gottes, den ewigen Liturgen, dem allerhöchsten Chor, welche von Ewigkeit zu Ewigkeit singen: Hallelujah! Heil und Preis, Ehre und Kraft sei Gott, unserem Herrn.

Das Evangelium.

Zuerst tritt der Herr durch seine Apostel an die Gemeinde heran. Darnach redet er sein eigenes Wort und bietet ihr in dem Evangelium des Tages seine Lehre und Wunder, sein Leben und Leiden, als die frohe Botschaft und Kraft, selig zu machen Alle, die daran glauben.

Die Apostel und Jünger Jesu erzählten zuerst den Juden und Heiden, nachher schrieben sie es auf: was sie gesehen hatten mit ihren Augen, was ihre Hände be-

taſtet hatten vom Worte des Lebens, und was ſie ge=
höret hatten. (1 Joh. 1.) Sie knüpften ihre Predigt
von dem erſchienenen Heiland der Welt an die Prophe=
zeihungen des Alten Teſtamentes an, welche durch die
an allen Orten wohnenden Juden überall hin verbreitet
und wohlbekannt waren. Durch die unerſchrockene Pre=
digt von dem Gekreuzigten und Auferſtandenen, wurden
die armen, ungelehrten Fiſcher vom See Tiberias die Er=
oberer einer Welt. Mit dieſer ſiegreichen Waffe zogen
ſie von Jeruſalem durch die naheliegenden Küſtenländer
des mittelländiſchen Meeres, und der große Heidenapoſtel
St. Paulus trug das Evangelium bis in das Herz des
römiſchen Weltreiches. Von Rom aus drang es in alle,
dem mächtigen Kaiſerreich unterthänigen Staaten. Wie
die Apoſtel, ſo breiteten auch die ſie begleitenden Evan=
geliſten, ihre Schüler und alle wahren Chriſten durch
Wort, Wandel und Sterben das Evangelium aus, von
Ort zu Ort, von Land zu Land. Jeder lebendige Chriſt
iſt ein Miſſionar. Eine Chriſtengemeinde erblühte nach
der anderen durch die mündliche Predigt von Jeſu Chriſto
und wurde zum Licht und Salz für weitere Kreiſe. Von
Mund zu Mund pflanzten ſich die apoſtoliſchen Er=
zählungen fort. Eben dadurch waren ſie aber dem Irr=
thum, der Entſtellung und Vergeſſenheit unterworfen.
Die Evangeliſten erkannten das bald. Daher ſchien
ihnen und ihren Schülern frühe die ſchriftliche Aufzeich=
nung der Evangelien nothwendig. (Lukas 1, 1—3.)
Wie ſchon erwähnt, wurde aus den geſchriebenen Evan=
gelien, in jedem chriſtlichen Gottesdienſt, zunächſt im An=
ſchluß und als Erklärung der prophetiſchen Lection, ſpä=
ter an deren Stelle, ein Abſchnitt geleſen.

In der älteren Kirche war die Evangelienlection

durch besondere Feierlichkeit ausgezeichnet. Sie war stets einem Geistlichen höherer Rangordnung übertragen, der sich, während der Epistelspruch mit dem Hallelujah (graduale) gesungen wurde, auf den erhöhten Platz des Lesepults begab. Ihm vorauf gingen zwei Unterdiaconen mit Weihrauchgefäßen und zwei Kirchendiener mit brennenden Wachskerzen, welche sie zu beiden Seiten des Pultes hielten. Bei dem eröffnenden Gruß: „Der Herr sei mit euch," erhob sich die Gemeinde ehrfurchtsvoll von ihren Sitzen. Die Frauen legten den Schleier ab, die Männer Mäntel und Waffen, zu bezeugen, daß das Wort Gottes des Christen sicherste Wehr und Waffe ist, um deswillen er bereit ist, Alles zu verlassen und dahin zu geben. Die Ritter legten die Hand an's Schwert oder zogen auch wohl den blanken Stahl, kampfbereit das Evangelium anzuhören, zum Zeichen ihrer Entschlossenheit, den christlichen Glauben bis zum letzten Blutstropfen zu vertheidigen.

Die fromme Sitte und tiefe Ehrfurcht vor der Heiligkeit Gottes macht einen gar wohlthuenden, aber auch recht beschämenden Eindruck in einer Zeit, die wenig Sinn und Pietät für frommen Brauch, wenig Liebe und Ehrerbietung zum Heiligen hat. Nicht das ist das Betrübendste, daß die Welt das Christenthum verspottet und alles Heilige lächerlich macht. Trauriger ist es, daß die, welche Gottes Wort hören und es nicht verachten, so wenig nach diesem Worte leben und in Gottes Ordnungen, wie sie in der Kirche bestehen. Was möchten wohl die frommen Alten sagen, wenn sie einen Blick in unsere Kirchen werfen könnten, wo es so sehr an dem Respekt vor Gottes Wort und Heiligthume fehlet, daß der Altar, die sinnbildliche Stätte der Gnadengegenwart

des heiligen Gottes, vielfach, wie jeder andere Platz be-
treten und umstanden wird, während es nicht an Raum
fehlt; wo so oft lärmend die Thüren und Bänke ge-
öffnet und geschlossen werden von den Zuspätkommenden,
während der Geistliche im Namen Gottes redet und handelt. Was würden die Matronen und Frauen der alten
Zeit, die so demüthig und schlicht ihren Schleier von sich
legten, über ihr Geschlecht sagen, das nicht nur auf der
Straße, sondern auch im Hause und am Altare Gottes
in einer Tracht erscheint, die aller christlichen Zucht und
Sitte und dem Worte Gottes (1 Petri 3, 3.; 1 Timoth. 2, 9.) geradezu widerspricht! Die auffallende Klei-
dung vor dem Haupte voll Blut und Wunden und beim
Empfang seines heiligen Leibes und Blutes: das will
wenig zusammen passen. Es liegt vielmehr als Aeußer-
lichkeit darin, daß immer weniger Frauen den Hut ablegen
zum Sacramentsgenuß. Im Aeußeren spiegelt sich das
innere Wesen und Empfinden. Wo sich das Haupt nicht
gern beugt, da werden es die Kniee eben so wenig gern
thun, vor und nach dem Sacramentsempfang. Die
Engel Gottes, welche als heilige Wächter im Heiligthum
stehen und sich jeden Kirchgänger und Abendmahlsgast
ansehen, mögen wohl oftmals einen Vergleich zwischen
der äußeren Erscheinung der Frauen jetziger und frühe-
rer Zeit, und wahrlich nicht zu unserem Vortheil machen,
und dabei an Krippe und Kreuz, an Dornenkrone und
Purpurmantel denken.

Zu der frommen Sitte alter Zeit, die sich jetzt nur
noch zumeist auf dem Lande erhalten hat, gehörte auch
das ehrfurchtsvolle Neigen des Hauptes, sobald der Name
des Herrn genannt wurde, nach dem Worte heiliger
Schrift: Im Namen Jesu sollen sich beugen aller derer

Kniee, die im Himmel und auf Erden sind. (Philipp. 2, 10.) Schon die Juden neigten ihr Angesicht tief zur Erde, wenn im Gottesdienst der Name Jehovah genannt wurde. Die Gemeinde des neuen Bundes hätte wohl noch mehr Grund, durch ein äußerlich Zeichen ihre dankbare Ehrfurcht vor dem Herrn Himmels und der Erde zu bezeugen, der aus Liebe für sie Mensch ward und am Kreuze starb. Die Angst, „es ist katholisch", hindert an manchem schönen Brauch. Freilich müßten wir auch das Glaubensbekenntniß, Vater-Unser und Anderes aus unserem Gottesdienste streichen, weil die katholische Kirche das mit uns gemein hat, wenn wir Alles verbannen wollen, was katholisch ist, oder richtiger alt-christlich. Eine ausgebildetere Liturgie ist aus diesem Grunde Vielen störend, weil sie darin katholisirende Tendenzen sehen und nicht bedenken, daß der katholische Gottesdienst aus dem alt-christlichen herausgewachsen und nur so weit verwerflich ist, als er wider die Lehre heiliger Schrift handelt und zu todtem Formenwesen geworden ist.

Das Glaubensbekenntniß. (Credo.)

Das Wort Gottes fordert gläubige Annahme und erhebt zum Loben und Preisen des Gottessohnes, dessen Wort und That Inhalt des Evangeliums ist. Darum spricht der Geistliche nach der Evangelienlection das von Alters her übliche „Gelobet seiest Du, o Christus!" und die Gemeinde antwortet: „Ehre sei Dir, Herr!" oder „Dank sei Dir, o Jesu!" oder sie bestätiget mit ihrem „Amen" solchen Dank.

Aber sie weiß, daß der rechte, Gott wohlgefällige Dank für das empfangene Wort gläubige Hingabe an dasselbe, freudiges, offnes Bekenntniß ist. Die verlesenen Epistel= und Evangelienabschnitte sind nur kleinere Theile und Einzelnheiten der Schrift; ebenso legt auch die Predigt nur einen einzelnen Schrifttext erklärend aus; beides weist hin auf einen Gesammt=Inhalt christlichen Glaubens, wie er nach neu=testamentlichen Worten, als Haupt=Inhalt heiliger Schrift und Summa alles Glaubens, im apostolischen Glaubensbekenntniß zusammengefaßt ist. Was in ihm die einzelne Gemeinde als ihr Bekenntniß ablegt, das ist der Glaube der alten Kirche und ganzen Christenheit auf der weiten Gotteserde, die als Eine heilige, allgemeine, christliche Kirche und Gemeinde der Heiligen das Eine Grundbekenntniß zu dem Dreieinigen Gott hat.

Der Geistliche giebt dieser heiligen, christlichen Gemeinschaft im Glauben dadurch Ausdruck, daß er vor dem Ablegen des Glaubensbekenntnisses spricht: „Lasset uns mit der gesammten Christenheit auf Erden unseren allerheiligsten Glauben bekennen und also mit einander sprechen." Darnach spricht er im Namen der Gemeinde das apostolische Glaubensbekenntniß*).

Von jeher ist das apostolische Glaubensbekenntniß das Panier und Kennzeichen der Christen unter einander gewesen. Daß die zwölf Apostel es gemeinsam zusammengestellt, Petrus angefangen habe: Ich glaube an Gott den Vater, und Matthias geschlossen: Vergebung der Sünden, Auferstehung des Fleisches und ein ewiges Leben

---

*) Anmerk. Oder der Geistliche stimmt an: „Ich glaub' an Einen Gott allein" — und die Gemeinde singt Luthers Lied: „Wir glauben all' an Einen Gott."

— das wird schwer nachweisbar sein und gehört in das Bereich frommer Tradition. Gewiß aber ist, daß es den ganzen Inhalt der apostolischen Predigt und Glaubenslehre in sich faßt. Das christliche Bekenntniß war in den allerfrühsten Zeiten ein sehr einfaches und wenig verschieden von der Taufformel. Erst als sich das Christenthum über die engeren Grenzen des religiös gebildeten Judenthums hinaus auf die weiten Gebiete des Heidenthums verbreitete, mußte gegen heidnische Verworrenheit und zur Abwehr kirchlicher Irrlehren und einreißender Irrthümer eine festere, klarere, umfassendere Bekenntnißformel aufgestellt werden, die dann im Nicäischen (352) und Athanasianischen (460) Symbolum (Kennzeichen, Merkmal) einen weiteren Ausdruck fand.

Ursprünglich wurde der Glaube als ein allgemeines Gemeindebekenntniß zusammen laut gesprochen. Jetzt bekennet sich meistens die Gemeinde mit ihrem dreifachen „Amen" zu dem vom Geistlichen bezeugten Glauben an den dreieinigen Gott. Sie bezeugt es offen, gründet sich immer von neuem darauf und vergewissert sich dessen:

Amen! Ja, ich glaube an Gott den Vater.

Amen! Ja, ich glaube an Gott den Sohn.

Amen! Ja, ich glaube an Gott den heiligen Geist.

Wenn es recht verstanden würde, daß das dreifache „Amen" nach dem Glaubensbekenntniß und Segen, ein Ausdruck des Bekenntnisses und Dankes gegen den dreieinigen Gott ist, dann dürfte sich die Gemeinde nicht, wie vielfach geschieht, schon beim zweiten Amen niedersetzen. Vor dem irdischen Könige würde man es nicht wagen, sich vor beendetem Dank zu setzen. Im christlichen Alterthum wurde niemals anders, als knieend oder stehend gebetet, und Tertullian fand es sehr zu rügen, sich unmittelbar nach dem Gebet niederzusetzen, „während der Engel des Gebetes, welcher dasselbe zu Gott empor trägt, vielleicht noch bei uns steht, weil dies aussehen würde, als legten wir es Gott zur Last, daß uns das Gebet müde gemacht hat."

Die Predigt.

Erbauet auf den allerheiligsten Glauben durch den heiligen Geist (Juda V. 20.), versenken sich Geistlicher und Gemeinde in die Betrachtung des einzelnen Schriftwortes, wie es der Sonn- und Feiertag giebt. Das **Predigtlied** bereitet auf diese weitere Auslegung des Schriftabschnittes in der **Predigt** vor, zu welcher Gottes Segen im Gebet erfleht wird, recht zu lehren und recht zu hören. So sehet nun darauf, wie ihr zuhöret, sagt St. Lucas am Schluß des Gleichnisses vom vierfachen Acker, dem jedes Herz und jede Gemeinde gleichet, in welche allsonntäglich das Samenkorn des göttlichen Wortes gestreuet wird.

Als Aussaat des Gotteswortes und Erklärung der Schrift, hat die Predigt von je her eine große Bedeutung im Hauptgottesdienst gehabt, welche ihr, nach einer Zeit der Herabsetzung, von den Reformatoren neu gesichert wurde. Aber weder die alte Kirche, noch Luther und seine Mitarbeiter sahen in ihr den Mittel- oder gar Höhepunkt des ganzen Gottesdienstes, wie jetzt vielfach, namentlich von Denen geschieht, welche die Liturgie nicht verstehen, oder der freien Verstandesreligion angehören. Der eigentliche Inhalt und die innere Bedeutung der gottesdienstlichen Feier ist Vereinigung der einzelnen Seele und Gemeinde mit ihrem Herrn und Haupte, welche ihre Vollendung in dem Genuß seines heiligen Leibes und Blutes erhält. Darum ist die Feier des heiligen Abendmahles in der apostolischen und reformatorischen Zeit als Gipfelpunkt des Gottesdienstes angesehen worden, nicht aber die Predigt. Sie darf nicht als einziger Zweck des Gottesdienstes gelten, zu dem alles Voraufgehende und Folgende nur Vorbereitung und Nebensache sei. Das heißt die Liturgie mißverstehen und gering achten. Ihre sammelnde, berufende, erbauende und unterweisende Macht und Bedeutung wird darum nicht unterschätzt. Denn der Glaube kommt aus der Predigt. (Römer 10, 17.)

Schon im jüdischen Gottesdienste schloß sich eine Erklärung an die Verlesung der prophetischen Lection an, weil die Schriften der Propheten durch Sprache und Inhalt dem Volke schwer verständlich waren und ein eingehenderes Studium erforderten, welchem die Schriftgelehrten oblagen. Ihr mehr oder minder gelehrter Vortrag erschloß dem Volke die Weissagungen und Predigten der Propheten.

Auferzogen im jüdischen Synagogendienst, kannten die Apostel von Jugend an die Bedeutung und Nothwendigkeit der Predigt. Sie legten ihr um so mehr Gewicht bei, und erkannten sie als eine besondere Aufgabe ihres apostolischen Berufs und einen bedeutsamen Theil des christlichen Gottesdienstes, als sie darin ein Hauptmittel zur Sammlung der Gemeinden und Unterweisung der jungen Christen sahen. Darum zogen die Apostel mit der Predigt des Evangeliums nicht allein durch alle Lande, sondern gaben den neugegründeten Gemeinden auch Evangelisten, Hirten und Lehrer, daß die Heiligen zugerichtet werden zum Werke des Amtes, dadurch der Leib Christi erbauet werde. (Ephef. 4, 11—12.) Mit krafvollen, aber einfachen Worten legten die Apostel und ihre Schüler und Nachfolger die Schrift aus, mit dem Einen Wunsch und Ziel: daß nur Christus geprediget werde. Die wachsende Ausbreitung des Christenthums und zunehmende Feindschaft der heidnischen Gegner machte eine wissenschaftliche Bildung für die Lehrer der Kirche nothwendig, damit sie ihren hochgebildeten Gegnern gewachsen waren. So kam es zur Gründung der Katechetenschule in Alexandria (180), aus welcher die berühmtesten Kirchenlehrer hervorgingen, welche mit Wort und Schrift das Evangelium vertheidigten und verbreiteten (Clemens von Alexandrien † 220. Origines † 254. Eusebius † 359. Athanasius † 373 u. s. w.). In der abendländischen Kirche sind Tertullian und Cyprian, Ambrosius, später Chrysostomus † 407 und Augustinus † 430 als die bedeutendsten Kanzelredner und Kirchenväter bekannt. Mit dem Wachsthum verderblicher Irrlehren in der Kirche und dem sittlichen Verfall des Priesterstandes sank dann später die Theologie nach und nach von der Höhe wissenschaftlicher Bildung und geistlicher Beredsamkeit wieder herab. Je mehr die priesterliche Altar-Communion und das Meßopfer hervorgehoben wurden, desto mehr trat die Predigt in den Hintergrund, der Prediger zurück hinter dem opfernden Priester. Der Predigtstuhl schwand aus den Kirchen und ward durch eine Menge von Nebenaltären mit Heiligenbildern und Reliquien ersetzt, vor denen laute und stille Messen gelesen wurden, deren Abhaltung und Bezahlung als verdienstliche Werke galten. Die Predigt wurde zur Nebensache im Gottesdienst, und endlich als kein nothwendiger Theil desselben mehr angesehen. Damit ging das Predigtamt allmälig zu Grunde oder in die Hände einzelner Mönchsorden, besonders der Franziskaner und Dominikaner über. Mit der Reformation trat ein Wendepunkt ein. Luther gab der Predigt ihren alten Platz wieder und erkannte es wohl, wie sie ein Haupterziehungsmittel für christliche Volksbildung und Glaubenserweckung ist. Darum verlangte er auch gründliche Schriftkenntniß und einfache Rede von den Predigern, „damit nicht ein Jeder, wie im Papstthum geschehen, wiederum von blauen Enten predigen möchte und man den gemeinen Mann nicht mit hohen, schweren und verdeckten Worten lehre, denn er kann's nicht fassen. Es kommen in die Kirche kleine Kinder, Mägde, alte Frauen und Männer. Denen ist hohe Lehre nichts nütze, fassen auch nichts davon, und wenn sie schon sagen: „Ei! ei! er hat köstliche Dinge gesagt,“ wenn man sie fragt: „was war es denn?“ so sagen sie: „ich weiß es nicht.“ Ach! wie hat unser lieber Herr Christus Fleiß gehabt, daß er einfältiglich lehre! Braucht Gleichniß vom Ackerbau, von der Ernte, vom Weinstock, vom Schäflein, alles darum, daß es die Leute verstehen, fassen und behalten könnten.“ — Luther will auch, „man solle die Zuhörer nicht martern und aufhalten mit langen Predigten, da es um das Gehör gar ein zärtlich Ding sei und man eines Dinges bald überdrüssig wird.“ Seine Ermahnungen wurden aber in der Folge wenig beachtet. Die Predigten wurden für das Volk zu hoch und dauerten oft stundenlang, so daß es den Zuhörern an Zeit fehlte, der darauf folgenden Communion beizuwohnen. Um der langen Predigten willen an Zeit zu gewinnen, wurde ein Stück der Liturgie nach dem anderen gestrichen. Das war um so natürlicher, als der prüfende Verstandesglaube an Stelle innigen Glaubenslebens trat, welches in der

Liturgie seinen Ausdruck gesucht und gefunden hatte. Die vernünftige Erklärung und praktische Belehrung ward als Hauptaufgabe des Gottesdienstes angesehen. Sie führte mit der Zeit dahin, allen positiven Bibelglauben zu beseitigen und nur gelten zu lassen, was menschlicher Verstand begreifen, erklären und handgreiflich fassen kann. Von den Kathedern und Kanzeln drang der Rationalismus in das Volk. Die kalte Luft des Unglaubens wehte durch die Länder und Völker, durch die Kirchen und Gemeinden, Häuser und Herzen. Da kam am Anfang dieses Jahrhunderts die Kriegsnoth, welche beten lehrte. Von den kleinen Kreisen lebendiger Christen, welche sich inmitten des Unglaubens in Deutschland zusammengeschlossen und erhalten hatten, ging ein zündendes Feuer lebendigen Christenthums aus. Der alte Bibelglaube ward wieder gesucht und geliebt und die Verkündigung reiner Lehre von den Kanzeln gehört, wenn es auch nicht an solchen Geistlichen fehlte, die dem Rationalismus weiter auf die abschüssige Bahn menschlicher Weisheit folgten. Als seine Kinder und Schüler versammelt der Herr die Glieder der Gemeinde um die Kanzel. Wo Gottes lauteres Wort und unverfälschtes Evangelium gelehret wird, da sind es nicht Menschen, die da reden, sondern — eures Vaters Geist ist es, der durch sie redet. Wer euch höret, der höret mich, sagt der Herr. Hinter seinem Diener steht der Herr Selbst, unterweiset in den Wegen des Heils und ruft: Kommet her zu mir Alle, die ihr mühselig und beladen seid, ich will euch erquicken. Lernet von mir.

———

Die kirchlichen Verkündigungen und Aufgebote.

Die Gemeinde besteht aus Kindern Eines himmlischen Vaterhauses, aus Gliedern am Leibe Jesu Christi. Daher wurden die Glieder einer Gemeinde von jeher als Familienglieder angesehen, die durch das Band christlicher Bruderliebe mit- und unter-einander verbunden, Freud' und Leid mit-einander theilen sollten nach der apostolischen Ermahnung: Weinet mit den Weinenden und freuet euch mit den Fröhlichen. So Ein Glied leidet, so leiden alle Glieder mit, und so Ein Glied wird herrlich gehalten, so freuen sich alle Glieder mit. (Röm. 12, 15. 1 Corinth. 12, 26.)

Von der Liebe Gottes handelt im Grunde jede Predigt. Aus der Gottesliebe fließt die Menschenliebe. Darum folgen der Predigt die Familiennachrichten der Kinder Gottes, die Mittheilungen von Trübsal oder Freuden der Einzelnen in Fürbitte und Danksagung, Aufgebote und sonstige Verkündigungen, welche das Leben der Kirche und das Reich Gottes betreffen, daß die Kinder Eines Vaters, die Glieder Eines Hauptes warmen Herzens daran theilnehmen.

Die kirchlichen Aufgebote sind alten Ursprungs. Nach Epheser 5. und der ganzen Lehre heiliger Schrift, soll die christliche Ehe das Abbild der Gemeinschaft Jesu Christi mit seiner Gemeinde sowohl, als mit der einzelnen Seele sein. Da kam es den alten Christen darauf an, daß keine Ehe geschlossen werde, die dem christlichen Namen Unehre mache. Ein unzuverlässiges Gemeindeglied war zudem ein gefährliches Werkzeug in den Händen der Christenfeinde. Deshalb wurde strenge darauf gesehen, daß keine Ehe zu Stande kam, welche Anstoß erregen oder Verdacht erwecken konnte und die Gemeinde wahrte sich aus diesem Grunde das Recht des Einspruchs. Die Ausbreitung des Christenthums und wachsende Zahl der Gemeindeglieder machte es dem Prediger auch unmöglich, sorglich darüber zu wachen, daß keine Ehe den kirchlichen Segen erhielt, welche durch Kirchen= oder Staatsgesetze verboten war, wie die Heirath naher Verwandten, Un= mündiger, mit Juden und Ketzern. Solche verbotenen Ehebündnisse zu verhindern, verordnete die alte Kirche ihre rechtzeitige Ankündigung, damit Einwendungen im nöthi= gen Fall gemacht werden konnten. Luther sagt: „Man solle mit solchen Worten auf der Kanzel aufbieten: Hanns N. und Grete N. wollen nach göttlicher Ordnung zum heiligen Stande der Ehe greifen, begehren deß ein (all=)gemein christlich Gebet für sie, daß sie es in Gottes Namen anfahen und wohl gerathe. Und hätte Jemand was drein zu sprechen, der thue es bei Zeiten und schweige hernach. Gott gebe ihnen seinen Segen. Amen.“

Fürbitte und Liebesgaben sollen die Dankopfer der Gemeinde für die von Gott empfangene Gnade und Liebe sein. Darum werden ihr in der Vermahnung zum kirch= lichen Opfer die Armen und Kranken, die Waisen und Heiden an's Herz gelegt. Wenn aber Jemand dieser Welt Güter hat und siehet seinen Bruder darben und schließt sein Herz vor ihm zu, wie bleibet die Liebe Got= tes bei ihm? (1 Joh. 3, 17.)

In der Urkirche schloß mit Predigt und Gebeten der erste Theil des Gottesdienstes, an welchem auch Heiden und Ungetaufte Theil nehmen konnten. Wenn sie die Kirche verlassen hatten, begann der zweite Theil, der Abend= mahlsgottesdienst für die Gläubigen, welche allsonntäglich die Communion feierten. Er begann mit dem allgemei=

nen Kirchengebet, in welchem fürbittend aller Glieder der Kirche, des Staates und der Gemeinde in brüderlicher Liebe gedacht wurde. Darauf folgte die Darbringung von Liebesgaben, zum Zeichen der Dahingabe alles Eignen und Besitzes, des ganzen Herzens und Lebens in Dank und Liebe an den dreieinigen Gott, der uns zuerst geliebet, aus Liebe erschaffen, erlöset und geheiliget hat. Der Diacon sammelte mit seinen Gehülfen die von der Gemeinde als Dankopfer dargebrachten Gaben ein, Brot und Wein (später auch Oel zu den Altarlampen und Rauchwerk). Nachdem die zum heiligen Abendmahl erforderlichen Elemente ausgesondert waren, wurde das Uebrige zum allgemeinen Liebesmahl der Gemeinde und zum Besten der Armen verwandt. Erst am Anfang des Mittelalters wurden diese freiwilligen Gaben in Geld verwandelt und mit den zunehmenden Irrthümern der Kirche als verdienstliche Werke angesehen. Kirchengeschenke, Erbauung von Klöstern und Kapellen, Stiftung von Altären und Bildern, Dotirung von Messen u. s. w. brachten nach der falschen Lehre den Seelen der Lebenden und Todten Gewinn. Schon früher hatte sich die Idee des Opfers, welche sich ursprünglich an die Dankgebete und Liebesgaben der Gemeinden knüpfte (Opfer von offere, d. h. Darbringung), von der Gabe des Brotes und Weins auf den Leib und das Blut Jesu Christi übertragen. Der Priester brachte fortan in der Messe ein priesterliches, unblutiges Opfer dar. Aus dieser Abweichung von der Bibellehre ging die Verwandlungslehre beim Abendmahl, die Verdienstlichkeit des Meßopfers, die Heiligkeit des Priesterstandes, die Lehre vom Reichthum der Kirche an guten Werken und die Kelchentziehung hervor.

In der evangelischen Kirche erinnert nur noch das

Einsammeln kirchlicher Opfer durch Klingelbeutel oder Büchsen an den Kirchthüren, an die schöne, alte Sitte freiwilliger Liebesgaben für die armen und kranken Gemeindeglieder. Sie war von warmer Liebe zu Gott und den Brüdern getragen, während der Gedanke an ein Dankopfer uns sehr abhanden gekommen ist, und wir das, was es sein sollte, nur als ein Almosen ansehen.

Mit einem Bibelwort, gemeiniglich: Der Friede Gottes, welcher höher ist, als alle Vernunft, bewahre eure Herzen und Sinne in Christo Jesu (Phil. 4, 7.) verläßt der Geistliche die Kanzel und der zweite Theil des Gottesdienstes, in welchem die Gemeinde Gottes Wort gehöret und sich angeeignet hat, schließt mit dem Schlußvers des Predigtliedes, welcher ein gläubiges, dankbares „Ja" der Gemeinde auf die vernommene Ermahnung und Auslegung des Schriftwortes ist. Ich neige mein Herz, zu thun nach Deinen Rechten immer und ewiglich. (Psalm 119, 112.)

～～～

III. Die Anbetung.

Die Präfation mit dem Sanctus.

Gnade um Gnade hat die Gemeinde aus der Fülle des ewigreichen Gottes in den beiden ersten Theilen des Gottesdienstes empfangen. Das bewegt sie zum Loben und Danken. Sie möchte nun auch geben, was sie zu bieten vermag. Was kann es sein?

So nimm dafür zum Opfer hin
Uns selbst, mit Allem, was wir haben.
Nimm Geist, Seel', Leib, Herz, Muth und Sinn
Zum Eigenthum, statt andrer Gaben.

Am Altare läßt sich der Herr zu uns herab, sein Wort und Sacrament darzureichen, aber auch die Opfer unseres Dankens und Anbetens gnädig anzunehmen. Darum findet auch die Feier des letzten Theils vom Gottesdienste am Altar statt.

Er beginnt mit dem feierlichen Dank- und Preisgebet, der uralten Präfation, d. h. Darbringung, Vorrede, Eingang, welche in der alten Kirche nebst dem „Heilig" und „Hosiannah" alle Mal der Abendmahlsfeier voraufging und noch heute die Stelle bezeichnet, wohin die Communion als Höhepunkt und Vollendung des Gottesdienstes gehört. Die wunderbar schöne Präfation ist ein Kleinod unter den gottesdienstlichen Gebeten und mit dem Vater-Unser und den Einsetzungsworten das älteste Stück im Gottesdienst. Aller Wahrscheinlichkeit nach entstammt sie schon der apostolischen Zeit. Im zweiten Jahrhundert war sie jedenfalls schon im kirchlichen Gebrauch. Nach dem Bibelwort: Lasset uns unser Herz sammt den Händen aufheben zu Gott im Himmel (Klagelieder 3, 41.), beginnt der Geistliche: Erhebet eure Herzen.

Die Gemeinde antwortet: Wir haben sie erhoben zu dem Herrn.

Geistlicher: Lasset uns danken dem Herrn, unserm Gott.

Gemeinde: Das ist recht und würdig.

Geistlicher: Recht und würdig ist es, Dir, Allmächtiger, Dank zu sagen u. s. w.

Die Danksagung geht in der ältesten Form immer von der Schöpfung aus und zur Erlösung über und endet mit dem Dreimalheilig (Sanctus) nach Isaias 6: Und Einer rief zum Anderen und sprach: Heilig, heilig, heilig ist der Herr Zebaoth! alle Lande sind seiner Ehre voll!

Die Gemeinde vereint sich mit der ganzen Christenheit und der triumphirenden Kirche, Gott dem Vater, dem Sohne und heiligen Geiste Preis und Ehre, Lob und Anbetung darzubringen. Hosiannah! (Herr! hilf!) das ist der Bittruf, den Jerusalem dem einziehenden Messias entgegensang. Hosiannah! Gelobt sei, der da kommt im Namen des Herrn, Hosiannah in der Höhe! sang die Gemeinde jederzeit dem im Abendmahl zu ihr kommenden Herrn lobend und bittend entgegen. Jetzt bildet die Präfation mit dem Sanctus und Hosiannah, auch ohne Abendmahlsfeier, den ersten Theil der Anbetung.

Das allgemeine Kirchengebet.

Wir sind durch Einen Geist alle zu Einem Leibe getauft. (1 Corinth. 12, 13.) Als Glieder Eines Leibes hat die Gemeinde ihrem Haupte Lob gesungen. Sie wendet sich nun auch in Liebe zu ihren einzelnen Gliedern, welche unter einander verbunden sind und gedenket fürbittend zuerst der Kirche und Obrigkeit, nach der apostolischen Mahnung: daß man vor allen Dingen zuerst thue Bitte, Gebet, Fürbitte und Danksagung für alle Menschen, für die Könige und alle Obrigkeit, auf daß wir ein ruhiges und stilles Leben führen mögen in aller Gottseligkeit und Ehrbarkeit. (1 Timoth. 2, 1—2.)

In der Hauptsache ist unser Kirchengebet dasselbe, welches die Kirche seit den allerfrühsten Zeiten betete zwischen Predigt und Abendmahl, nur war das alte umfassender.

„Das gemeine Gebet öffentlich in der Kirche zu halten, ist nicht aus eignem, selbsterdichteten menschlichen Gutdünken aufgekommen, sondern ist von den heiligen Patriarchen, Propheten und Aposteln, aus Bewegung des heiligen Geistes, vornehmlich in großen, schweren Anliegen und Fährlichkeiten als ein Mittel, göttliche Hülfe zu erlangen, gebraucht worden."

> Kann ein einiges Gebet
> Einer gläub'gen Seele,
> Wenn's zum Herzen Gottes geht,
> Seines Zwecks nicht fehlen:
> Was wird's thun,
> Wenn sie nun
> Alle vor ihn treten,
> Und zusammen beten!

Das Vater-Unser.

Ihr habt einen kindlichen Geist empfangen, durch welchen wir rufen: Abba! lieber Vater! (Röm. 8, 15.) Wie die lieben Kinder ihren lieben Vater bitten, so dürfen wir, im Namen und auf Befehl des eingebornen Sohnes Gottes, in allen Dingen unsere Bitte in Gebet und Flehen mit Danksagung vor Gott kund thun. (Phil. 4, 6.) Wir haben nicht allein das Recht, sondern auch die Pflicht, alle Anliegen unseres Herzens vor Gottes Gnadenstuhl zu bringen. Die Liebe sucht nicht das Ihre — auch nicht im Gebet, nur für sich bittend

und sorgend. Die Krone und Perle aller Gebete ist das
Vater=Unser. Es wurde nach alt=kirchlicher Sitte,
ebenso wie das Glaubensbekenntniß, von der Gemeinde
laut gesprochen. Das Vater=Unser beten zu dürfen, ge=
hörte zu den Vorrechten der Christen, vor den Ungläubi=
gen wurde es geheim gehalten und nur leise gesprochen.
Mit heiliger Ehrfurcht übergab es die Kirche den Täuf=
lingen: „Nehmet hin das theure Kleinod und bewahret es,
nehmet hin das Gebet, welches vor Gott zu bringen, Gott
Selber gelehret hat." Diese sprachen es zuerst laut vor
der Gemeinde, wenn sie aus dem Taufbecken heraufstiegen.
„Wir können Gott nicht eher Vater nennen (sagt Chry=
sostomus), als bis wir in dem heiligen Wasser der Taufe
die Sünden abgewaschen haben. Wenn wir aber aus
diesem heraufsteigen und jene schwere Last abgelegt ha=
ben, alsdann sagen wir: unser Vater, der Du bist in
dem Himmel."

Mit dem Worte „unser" ruft der Beter Gott nicht
nur als seinen Gott und Vater, sondern als den Vater
an über Alles, das da Kinder heißt im Himmel und auf
Erden. Das Wort erinnert uns auch, daß wir uns unter
einander lieben sollen. Mit dem Worte „Vater" greifen
wir, in unserm Kindesrecht durch Jesum Christum, dem
Gott der Liebe an das Herz, daß er uns erhören muß
um Seines Namens willen. Mit dem Worte „im
Himmel" fassen wir die Hand des allmächtigen Schö=
pfers Himmels und der Erden und halten ihm vor, daß
er allein, aber auch er gewiß uns immerdar helfen, ge=
ben und segnen kann. (Quandt: Vater=Unser.)

Der Schluß des Vater=Unsers: Denn Dein ist das
Reich und die Kraft und die Herrlichkeit, in Ewigkeit.
Amen — die Lobpreisung, war in den ersten Jahrhun=

derten nicht im Gebrauch und soll erst um die Mitte des vierten Jahrhunderts in den Text des Evangeliums St. Matthäus gekommen sein. (Alt. Christlicher Cultus.) Die katholische Kirche hat sie nicht aufgenommen. Der evangelischen Kirche ist das in biblischen Worten an das Vater-Unser angefügte Preisgebet lieb und werth, wird im Gottesdienst aber häufig von Chor oder Gemeinde als ihr rühmendes Bekenntniß gesungen.

Der Segen.

Sind wir denn Kinder, so sind wir auch Erben, nämlich Gottes Erben und Miterben Christi. (Röm. 8, 17.) Als Gottes Kinder beten wir das Vater-Unser. Als Gottes Erben empfangen wir den Segen des dreieinigen Gottes. Am Eingang des Gottesdienstes wird die Gemeinde im Namen des dreieinigen Gottes begrüßt, zum Schluß mit seinem Segen entlassen. Dazwischen liegt die Versiegelung der Sündenvergebung, die Befestigung in Gottes Wort, die Hingabe an Gott mit Herz und Leben. Zu dem Allen giebt Gottes Segen Kraft und Stärke und die Macht, in der Woche und im Hause, im Beruf und unter Anfechtung und Leiden nach Gottes Wort, in Gottes Gemeinschaft, zu Gottes Ehre zu wandeln und den Frieden der Seele zu bewahren.

Die alte Kirche entließ zwar nicht mit dem Aaronitischen Segen, aber doch auch segnend die Gemeinde nach dem Vorbild und Befehl heiliger Schrift. Im alten Bunde befahl Gott Aaron und seinen Söhnen, den Priestern: Also sollt ihr sagen zu den Kindern Israels, wenn ihr sie segnet:

Der Herr segne und behüte dich.

Der Herr lasse sein Angesicht leuchten über dir und sei dir gnädig.

Der Herr hebe sein Angesicht über dich und gebe dir Friede.

Denn ihr sollt meinen Namen auf die Kinder Israels legen, daß ich sie segne. 4 Mose 6, 23—27.

Im Neuen Bunde hat der ewige Hohepriester die Hände segnend ausgebreitet, ehe er gen Himmel fuhr. Segnend ruhen die durchbohrten Hände, in welche auch unsere Namen gezeichnet sind, über der Gemeinde.

Der heilige Gott segnet durch seine Diener noch jetzt in Person. So oft der Geistliche den Segen ertheilt, so oft thut es der lebendige Gott Selbst. „Der Priester, welcher segnet, ist wie eine Posaune, gleichwie diese nicht den Schall giebt, sondern der, welcher sie bläst, also segnet nicht sowohl der Priester, als vielmehr der Herr Selbst durch den Mund seines Priesters" — pflegten die Juden zu sagen. Mit dem Namen des Herrn wird die ganze Fülle des in ihm beschlossenen Segens auf die Gemeinde gelegt. Das Ausbreiten, Ausstrecken und Erheben der Hände des Geistlichen, vertritt die Stelle der Handauflegung. Das Zeichen des Kreuzes zum Beschluß erinnert die Gemeinde daran, daß aller empfangene Segen durch das Kreuz erworben ist und vom Kreuze ausgeht, damit ihr das Verdienst des Gekreuzigten allzeit bewußt bleibe.

Der Segen des dreieinigen Gottes umfaßt unser zeitliches und geistliches, unser inneres und äußeres Leben; er ist ein Geben und Bewahren, ein Nehmen und Beilegen, er umschließt Leib und Seele und greift in die gegenwärtige, wie zukünftige Welt hinein. Als Ein Leib,

Ein Tempel Gottes, wird die Gemeinde dabei mit „du“ angeredet, der Herr segne dich.

Luther sagt: „Dieser Segen ist nicht weit von dem anderen gemeinen Segen: Es segne euch Gott der Vater und der Sohn und der heilige Geist. Denn dem Vater wird das Werk der Schöpfung zugeeignet, welches dieser unser Segen auch klar ausdrücket, da er spricht: der Herr segne und behüte dich, das ist, er gebe dir gnädiglich Leib und Leben und was dazu gehöret. Also wird dem Sohne das Werk der Erlösung zugeeignet, welches dieser Segen auch erkläret, da er spricht: der Herr erleuchte sein Angesicht über dir und sei dir gnädig, das ist: er helfe dir von Sünden und sei dir gnädig und gebe dir seinen Geist. Dem heiligen Geiste wird das Werk der täglichen Heiligung, Trost und Stärke wider den Teufel, und endlich die Auferweckung vom Tode zugeeignet, welches dieser Segen auch erkläret, da er spricht: der Herr erhebe sein Angesicht auf dich und gebe dir Friede, das ist, er wolle dich stärken, trösten und endlich den Sieg geben.“

So erklärt auch die Weimar'sche Bibel den Segen: „Der Herr, Gott der Vater, segne dich mit allerlei geistlichem Segen in himmlischen Gütern und behüte dich, denn er ist der Menschen Hüter, welcher nicht schläft noch schlummert, und die Seinen bewahret, wie einen Augapfel vor allem Uebel. Der Herr, Gott der Sohn, komme vom Himmel herunter, nehme beinethalben menschliche Natur an sich, erlöse dich mit seinem Blute von deinen Sünden, lasse sein Angesicht leuchten über dir, er gebe sich dir mit allen seinen Wohlthaten zu erkennen im Evangelio, welches er aus dem Schooße seines himmlischen Vaters mitbringt und in dessen Er

kenntniß du das ewige Leben hast, und sei dir gnä=
dig, er erbarme sich deiner und rechne dir um seines
Verdienstes willen deine Sünden nicht zu. Der Herr,
Gott der heilige Geist, hebe sein Angesicht über
dich, zeige dir dasselbe liebliche Angesicht von Gottes
Willen und Christi Verdienst immer fort und fort, im
Wort und Sacrament, er gebe dir Glauben an Christum,
stärke und vermehre denselben, und gebe dir Frieden
mit Gott und mit deinem Gewissen wider die Anklage
des Satans, bis du selig werdest und mit Frieden aus
dieser Welt scheidest." —

Dem dreieinigen Gott dankt die Gemeinde mit einem
dreimaligen Amen für seine Segensgaben, durch welche
sie im Frieden, versöhnt mit Gott, gerüstet zum neuen
Kampf mit Welt, Sünde und Teufel, in ihr Haus zu=
rückkehren kann.

Die Sitte, mit einem Schlußvers den Gottesdienst
zu beenden, fällt immer allgemeiner fort mit der wach=
senden Erkenntniß, daß da, wo der dreieinige Gott Selbst
gesprochen und gesegnet hat, er auch das letzte Wort be=
halten müsse.

> Weil der Gottesdienst ist aus,
> Und uns mitgetheilt der Segen,
> So geh'n wir mit Freud' nach Haus,
> Wandeln fein auf Gottes Wegen.
> Gottes Geist uns ferner leite
> Und uns Alle wohl bereite.
>
> Unsern Ausgang segne Gott,
> Unsern Eingang gleichermaßen,
> Segne unser täglich Brot,
> Segne unser Thun und Lassen,
> Segne uns mit sel'gem Sterben
> Und mach' uns zu Himmelserben.

Die Feier des heiligen Abendmahles.

Die alte Kirche hielt keinen Gottesdienst am Sonn= und Feiertag ohne die Feier des heiligen Abendmahles. Sie sah den Gottesdienst nicht nur als ein Mittel an, fromme Gefühle zu erwecken, gute Entschlüsse, heilige Gedanken, gerührte Empfindungen anzuregen, sondern betrachtete ihn als die feierlichste und heiligste Handlung christlichen Lebens, deren Grund und Ziel: Vereinigung des Herrn mit seiner Gemeinde ist. Erst durch die Sacramentsfeier wird dieser Zweck vollkommen erreicht, findet der Gottesdienst seinen vollen Abschluß, erreicht er seine Höhe und ganze Bedeutung. Die andern Stücke des Gottesdienstes führen uns zu des Herrn Füßen, die Communion allein giebt uns den Herrn in's Herz, in Fleisch und Blut, daß wir nach Leib und Seele mit ihm verbunden, recht eigentlich Blutsverwandte und der „Christus für uns" zum „Christus in uns" werde.

Wo das Glaubensleben ein gesundes ist, da kommt es täglich im Kämmerlein zu Sündenerkenntniß, Erlösungsbedürftigkeit, Heilsverlangen, Bewußtsein eigner Ohnmacht, Verlangen nach dem Kommen und Helfen des Herrn, Streben nach Heiligung und zum Loben und Danken gegen Gott, den Geber aller Gaben. Das Alles, was der Christ täglich mit seinem Gott und vor Gottes Angesicht durchlebt, macht er mit der gesammten Gemeinde sonntäglich am Altare Gottes durch. Alles, was sein Herz bewegt, läſſet er in Bitte, Gebet und Danksagung vor Gott kund werden. Das vereinte Bitten, Loben und Danken, das gemeinsame Nehmen und Bekennen des Gotteswortes stärket und befestigt aber zugleich den Einzelnen. Im Sacrament aber erst wird Das mög=

lich, wonach sich der Christ im Kämmerlein gesehnt. Da giebt sich der Herr den Seinen ganz und gar hin, da theilt er sich ihnen mit, verbindet sich mit ihnen nach Leib, Seele und Geist, geht in ihnen ein, bringt neue Lebenskraft, neue Liebe zu Gott und den Brüdern, neue Fähigkeit, dem Herrn immer mehr das ganze Herz und Leben als Dankopfer darzubringen, neue Heiligungsstärke, neue Nahrung für den aus Gott gebornen Menschen, neue Speise für den Auferstehungsleib. Im heiligen Abendmahl allein findet das Wort seine volle Erfüllung: Ich will zu euch kommen und Wohnung in euch machen. Ich in ihnen und Du in mir, auf daß sie vollkommen seien in eins.

Aus der Gemeinschaft mit dem Herrn und Haupte der Gemeinde, wie sie das heilige Abendmahl bringt, fließt allein die brüderliche Liebe und Gemeinschaft der Christen untereinander. Ein Brot ist es, welches wir essen, so sind wir Viele Ein Leib, dieweil wir Alle Eines Brotes theilhaftig sind. (1 Corinth. 10, 17.)

Die alten Christen feierten allsonntäglich die Communion, und als das sich mit der Zeit änderte, blieb doch die ganze Gemeinde bei der Abendmahlsfeier zugegen, von dem Bewußtsein durchdrungen, daß es ein Vorrecht der Gläubigen sei, in der Gnadengegenwart des Herrn sein zu dürfen, der im Sacrament persönlich und wesentlich in seiner Gemeinde weilt. Auch ohne leibliche Nießung strömt von dem heiligen und allmächtigen Herrn Gnade und Segen aus. Den Ungetauften und denen, welche in kirchlichen Strafen standen, blieb dieser Vorzug verwehrt. Sie mußten nach der Predigt das Gotteshaus verlassen. Die Gemeinde der Gläubigen gab ihrem Liebesverhältniß unter einander als Kinder Eines

Vaters durch den Bruderkuß Ausdruck vor Empfang des Sacramentes, dem der Diacon die Worte hinzufügte: „Keiner habe im Herzen etwas gegen irgend Jemand. Keiner nahe in Heuchelei." Der Heiland sprach bei der Einsetzung des heiligen Abendmahles, nach der Juden Weise beim Passah, den Lobgesang und dankete, als er Brot und Wein nahm. Darum feierte die christliche Gemeinde das Sacrament des Altars nie ohne Loben und Danksagung, wie in der Präfation mit dem Heilig und Hosiannah geschah. Dieselben Worte, kraft welcher der Herr Jesus seinen heiligen Leib mit dem Brote, sein heiliges Blut mit dem Weine verband, weihen noch heut bei jeder Abendmahlsfeier Brot und Wein, die sicht= baren Elemente zu Trägern der unsichtbaren Gnaden= gaben. „Kommt das Wort zum Element, so wird's zum Sacrament." Im Vater=Unser erbitten sich die Kinder Gottes die höchste und alleredelste Himmelsgabe des Sa= craments, zu dessen gesegnetem Genuß ihnen der Geist= liche Gottes Frieden wünscht. Der Herr Jesus sprach bei Einsetzung des heiligen Abendmahles: Solches thut, so oft ihr's thut, zu meinem Gedächtniß. Und St. Paulus setzt hinzu: So oft ihr von diesem Brote esset und von diesem Kelche trinket, sollt ihr des Herrn Tod verkündigen, bis daß er kommt. (1 Corinth. 11, 23—26.) Deshalb wird das Lied bei der Abendmahlsfeier gesun= gen: „O Lamm Gottes", weil es, nach Luthers Ausdruck, „klärlich daher singt und lobt Christum, daß er unsere Sünden getragen habe und mit schönen, kurzen Worten das Gedächtniß Christi gewaltiglich und lieblich treibt." Die alte Kirche sang außerdem gern die Psalmen 45. 42. 34.

Danksagung und Segen beschließen die Abendmahls=

feier, welche in Einzelnheiten mehr von einander ab=
weicht in der deutsch=evangelischen Kirche, als es bei den
anderen Theilen des Gottesdienstes geschieht. Darum
ist sie hier nur kurz angedeutet, wo es nicht darauf an=
kam, Verschiedenheiten hervorzuheben und Wünsche nach
Aenderungen auszusprechen, sondern auf die Bedeutung
der gesammten gottesdienstlichen Feier, namentlich der
Liturgie hinzuweisen, uns die einzelnen Stücke derselben
lieber und verständlicher zu machen, daß wir es erkennen:
es ist ein Segen darinnen.